4

## 孤獨的神學者

**下等妙人**
Illustration＝水野早桜

Kadokawa Fantastic Novels

The Greatest Maou Is Reborned To Get Friends
Presented by Myojin Katou
and Sao Mizuno

# 序章　教育旅行的開始

自從轉生到未來世界後，我一直過著忙亂的日子。

最極致的例子，就是剛剛才總算了結的那場「時光旅行」。

一個自稱是神的人物，把我、伊莉娜和吉妮，送去了古代世界——

我們各自在心中，牢牢刻下了多半一輩子也忘不了的回憶。

……我說真的，發生的這些事情實在讓人精疲力盡。

因此我希望教育旅行能夠平靜度過。

實際上也不會發生任何事情。哪怕我所處的立場離平靜這個概念再怎麼遙遠，也不可能如此頻繁地迎來不正常的事態。

這場教育旅行，我就以平靜的心情，悠哉地去玩吧。

我懷著這樣的心情，和眾人一起走在目的地所在的古都金士格瑞弗大街上。

我們現在要去的地方，是第一個教學體驗區。那兒是一處被譽為全國頂尖水準的研究院。

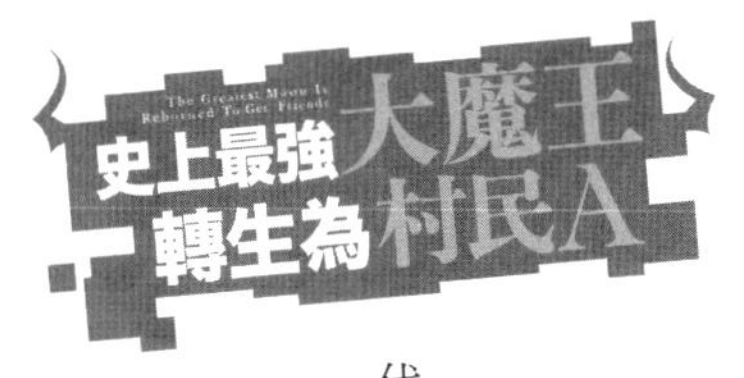

所謂研究院，就是國家機構中的學問領域最高峰。

國民必須先進入學園，得到學徒的身分。成為學徒之後，累積數年的鑽研，想更進一步探究學問的人，就升學到研究所。只有在研究所中得出一定成果或成績的人，才能進入研究院，獲准一輩子探究知識。

這個學問機構進行調查與研究的概念非常多樣化……其中又以魔法學最容易受到關注。據說這間位於古都金士格瑞弗的研究院，是國內頂尖水準的名門，每年都會發表各式各樣的研究成果。

當我們踏進這金士格瑞弗的研究院，迎接我們入內的，就是該研究所的所長，也是世界級魔法學的權威。這個有著醒目禿頭與一把大鬍子的老矮人，名字叫做——

「就如各位所知，老夫就是千年才出一人的天才——諾曼博士。」

研究院入口處那寬廣的中庭前，太陽將老人的禿頭照得閃閃發光。

自稱天才的人，大多都是沒什麼大不了的人，然而……諾曼這個人例外。

他成功將多項被歸類為「不可能技術（Lost Skill）」，也就是如今已經沒有人能夠施展的魔法，用現代的魔法術式重現出來，功績確實耀眼。

我們就在他的帶領下，走在研究院內。

研究院名符其實，內部設計徹底只專注於探究學問，室內不用說，就連通道也放了滿滿的研究材料。

「掛在這牆上的術式圖，標出的是老夫重現的第一項『不可能技術』——抽取魔力。這個技術對世界帶來了什麼樣的改變，應該也不用多說了吧。」

這不誇張，他的研究成果，確實帶來了世界級的變革。例如說，他重現出這抽取魔力的技術，就催生出了種種以魔礦石為動力的便利魔導具，如今這些已經成了人們生活中不可或缺的一部分。

「然後這個術式圖是電熱應用。這是動能轉換，然後這是——」

諾曼以高高在上的態度，把自己的研究成果一一指給我們看。

不知不覺間，學生們都對他投以尊敬的眼神。

……從這個時代的水準來看，這些的確是非凡的偉業，但看在我眼裡，無可避免地會覺得少了些什麼。

或許是這樣的念頭表現在表情當中了吧。諾曼的研究成果講解……或說在這名義之下的自我炫耀講到一半，他忽然狠狠朝我瞪了一眼。

「老夫知道你。亞德．梅堤歐爾——在王都急速嶄露頭角的歷史級超天才。說是連老夫都……這很離譜，但的確有這種離譜的傳聞，說你是連老夫都已超越的英才，沒有不可能的神童。這說的就是你吧？」

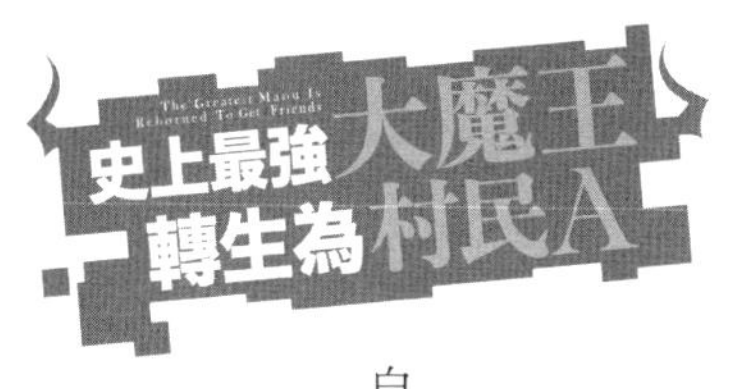


「咦？沒……沒有，我沒有──」

「一點也不錯！擁有史上最頂尖頭腦的超絕天才魔導士！那就是『我的』亞德！」

「也是呢～『我們的』亞德是能讓任何既有的天才都變成過去的史上最高、至高的天才。很遺憾，就連諾曼博士，也敵不過『我們的』亞德。啊啊，『我們的』亞德真的好厲害！」

伊莉娜和吉妮一邊誇獎我，一邊互相激出火花。

……多半是她們的這種態度，觸動了諾曼的逆鱗吧。

他太陽穴冒出青筋，矮人族特有的粗獷臉孔頻頻抽搐。

「哦哦～你的意思是說，老夫是個連隨處可見的凡夫俗子都不如的庸才了？」

「不，我又沒有──」

「也好！既然你話說得這麼滿，老夫就來告訴你什麼叫做真正的天才！」

「這個，我是說，我──」

「跟老夫來！老夫讓你見識見識還沒發表的研究！等你看過這玩意兒，看你還敢不敢說自己是超越老夫的天才這種大話！啊啊，真令人期待啊！」

我想吐嘈他先聽人把話說完再說，但諾曼甚至不給我這個空檔。

「……和預定的行程不一樣，不過，應該無所謂吧。」

身為級任導師兼負責人的奧莉維亞做出這個決定，於是我們一群學生就跟在諾曼身後，走在通道正中央，準備去見識他所說的未發表研究。

就在最後抵達的一間研究室內，我們看到的是──

「這……這什麼東西？」

「看……看不懂，可是……好……好不舒服啊……」

學生們紛紛你一言我一語，臉上透出了對室內樣貌所產生的嫌惡與狐疑。

這也難怪。

室內有的是無數管子，以及──

這些管子，接在一群裝在大大小小五花八門容器當中的幼獸身上。

這些漂在半透明綠色液體當中的動物，以一定的節奏，持續從口中吐出氣泡……散發出一種令人毛骨悚然的感覺，如果是第一次見到，相信任何人都會皺起眉頭。

但看在我眼裡，並沒有什麼特別。只是……我的確微微吃了一驚。

「怎麼樣啊，亞德・梅堤歐爾。這些是──」

「請問是『人造生命（Homunculus）』嗎？」

話說到一半，被我搶先說出答案，似乎令他不悅。諾曼大聲「嘖！」了一聲，朝地板跺了一腳。然而他立刻換上自滿的表情說：

「哼，有人叫你神童看來不是叫假的。沒想到你和其他許多庸才不一樣，第一次看到，就察覺到這是什麼研究。可是……正因為這樣，你才更不得不對老夫超凡的才能感到戰慄吧？」

「……是啊，您說得對。」

這不是口頭上給甜頭，我是由衷稱讚他。

真沒想到，這個時代會有人摸索到和我一樣的研究。

這是極為令人難以置信的事。

「這項研究！老夫花了畢生心血，一直探究到今天！只要老夫能把這個研究鑽研透澈！人類應該就能踏進神的領域！透過創造生命來生產無限的勞力！以及永恆的生命！根據文獻，這『人造生命』的研究，是連偉大的『魔王』陛下都放棄的超難題！而老夫諾曼就是要把這個研究鑽研透澈！」

老矮人攤開雙手，高聲大笑。

他的話裡有個錯誤——說我放棄研究，是假的消息。

研究已經做完。完成得很徹底，到了再也沒有東西可以探究的水準。

正因為這樣，我才會失望，把和這些魔法有關的一切都刪除掉。

我之所以著手進行「人造生命」的研究……理由是為了找回失去的那些伙伴。

我以為這樣一來，就可以從孤獨中得到解脫。然而──

死而復生的他們，形貌固然一致，人格卻不同。

這是當然的。畢竟靈體就不一樣。靈體是建構一個人的所有資訊來源，靈體都不同了，那麼到頭來，用這種魔法創造出來的，終究只是長得很像的陌生人。

我懷抱的希望被擊碎，讓我困在一種無處宣洩的怒氣當中，於是半出於遷怒，放棄了研究內容。

……不過這種過去的事情，就先拋開吧。

重要的是──沒錯，是諾曼博士確實是不世出的天才這件事。

這「人造生命」，是要以鑽研所有魔法學之後，自然會達到的某一項理論為基礎來建構。為了發展到那一步，我花了一百年以上的時間。

而他只花短短幾十年就達到了？

真是個不得了的天才──

「哼哈哈哈！你嚇得聲音都發不出來了嗎！這也難怪啦！想必就是因為你還有點半吊子的才能，才比任何人都更明白老夫諾曼的天才吧！老夫解析了連『魔王』陛下都花了長年才得出的混沌理論！達到了極致的魔法學領域──」

「咦？混沌理論？」

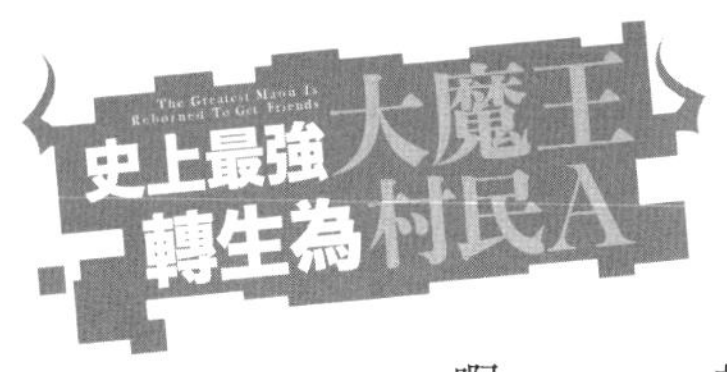


這句話完全是無意識的自言自語。

……人這種生物，就是會忍不住想去訂正錯誤。既然眼前有人正在犯錯，莫名地就是會想去糾正。相信這一定是人的七宗罪之一──傲慢所造成的。我也同樣被這七宗罪驅使──

「請問，為什麼會提到混沌理論？『人造生命』的基幹，應該是第三法則的不可測定律──」

一句話說到這裡，我才發現自己說出了不必說的話。

「啥？第三法則的不可測定律？那種東西──────等等？」

諾曼呆住了好一會兒後，雙手抱住低下的頭。

「不對，慢著，等一下。應用混沌理論的冥界法則混亂……難道說，第三法則還比較有效率……？咦？這麼說來……」

總覺得正在發生不妙的事情。我產生了這樣的預感，正要設法脫身，然而──

「亞～德．梅堤歐～～～～～爾！你是說，混沌理論的靈體干涉並不完整嗎啊啊啊啊啊啊啊啊啊啊啊啊啊啊！」

「咦，不，我……這個──」

「你是說，你早就知道混沌理論的極限了？所以才應該用第三法則！沒錯吧！」

「不，這個……」

「的確用第三法則會比較——咦？不對，慢著。採用第三法則的情形，能達到的極限——咦？比意料中更——咦？」

……這個老矮人，想必是稀世的天才吧。如果他生在古代世界，多半會成為名留神話的人物。

正因如此，他才會抵達那一步——抵達和我一樣的結論。

也就是——發現自己花了一輩子持續研究的概念，內容其實相當陳腐，並不如自己的期望。

「不，這只是採用第三法則的情形……那就換別的理論……不對，除此之外的理論根本……這麼說來……不不不，這…………」

諾曼就這麼自顧自地嘀咕了好一會兒，然後——

「哼……哼哼……哼哼哼哼哼……」

他仰望天花板，翻著白眼，笑了出來。

「哼哈！哼哈哈哈！哼哈哈哈哈哈哈哈！這樣子啊～～！老夫的研究，原來這麼的膚淺是嗎～～！老夫的幾十年，完全是白費工夫啊～～！啊哈～～！虧老夫放棄了所有的青春努力研究～～！原來一點意義都沒有啊～～！啊哈～～！」

……我懂。我懂你啊，諾曼。我之前也陷入了一樣的狀態。

一定很難受吧。知道花了那麼多時間拚命進行的研究，對自己來說卻是沒有任何價值的垃圾時，真的會很難受。

所以──

「啊！對了！老夫有個好主意！老夫不當研究者，回去當小孩吧！老夫要從現在起，重溫拋棄的青春！好～既然決定了，就先從捕蟲開始吧～！啊哈哈哈哈哈哈哈哈哈！」

諾曼說完就「嗡～～～！」地大叫一聲，雙手像昆蟲拍動翅膀似的擺動，跑出房間──

「哈哈哈哈哈哈哈！人生就像肥皂泡～！」

「老……老師！請不要這樣！」

「嗡～～～！……喂，是哪個傢伙把這種東西放在這裡！這會妨礙捕蟲好不好！可惡！這些鬼東西，看老夫砸了你！」

「去……去年的研究成果啊啊啊啊啊啊啊啊啊！」

「阻……阻止老師啊啊啊啊啊啊啊！誰來阻止老師啊啊啊啊啊啊啊啊啊！」

……場面已經一團亂。

「雖……雖然我本來就覺得亞德那傢伙很厲害，可是……！」

「真沒想到，竟然用知識破壞了偉大的諾曼博士……！」

「不只是魔法，連學力也是破天荒……！這就是亞德・梅堤歐爾嗎……？」

學生們對我投來驚懼的眼神。

「哼哼！所以我才說！我的亞德是史上最棒的！亞德之前沒有亞德，亞德之後也沒有亞德！」

「真的是亞德有、亞德治、亞德享的才能呢！」

伊莉娜和吉妮互相講著這些莫名其妙的話。

「……這些幼獸，烤過不知道能不能吃？」

笨蛋（席爾菲）流著口水。

然後——

「哎呀，真有一套啊～」

我老姊（奧莉維亞）抓住我的肩膀，露出實在太過美麗的笑容。

「不過還真是令人懷念啊～記得我那個老弟也讓學者們滿心挫敗，弄出了一大堆的廢人呢～」

她的臉實實在在就像是美的女神……但我很清楚。

很清楚她的笑容底下，潛藏著可怕的東西。

「哈……哈哈……」

我在被諾曼鬧得一團亂的通道上，發出了乾笑。

……也因為發生了原定行程以外的事，讓教育旅行的行程變得相當緊湊。

時間上我們已經得前往下一個參觀地點，但總不能就這樣放著諾曼不管。

為了修復他的精神，我施了魔法。

結果諾曼立刻冷靜下來……

他停止失控行為後，立刻哭哭啼啼地瞪著我。

「就憑……就憑你這小子……！你這小子！比起老夫的師父！根本沒什麼大不了的啊啊啊啊啊啊啊啊啊！」

諾曼指著我，連禿頭都氣得發紅，大喊：

「你來得正好！今天那位大人會移駕過來！她應該很快就會抵達這裡！到時候你就沒戲唱了！」

師父。那位大人。

……如果是現代出生的人，不管來的是誰，都沒什麼好吃驚。

可是，該怎麼說呢？

我就是有種不好的預感。

第六感不斷敲響警鐘，要我盡快離開這裡。

因此——

「很遺憾，我們的行程不能再拖延了。這樣會給我的學友們添麻煩，請恕我失陪——」

我很快地說完，正打算趕快離開的瞬間。

「耶～～～～！天神降臨嘍～～～～！」

……就像命中注定，這個人在我眼前現身了。

這個人打開門，走進室內。

她的形貌是個惹人憐愛的年幼少女，眼神中卻有著幾分老奸巨猾。

諾曼對這樣的她陪笑說：

「喔喔，師父！好久不見了！」

「嘎哈哈哈哈！你頭還是一樣禿啊，諾……你是叫什麼來著了？」

「是諾曼，師父！請您也差不多該記住老夫的名字啦！」

也不知道有什麼事情那麼好笑，只見這女孩捧腹大笑。她甩著一頭美麗金絲般的頭髮大笑，諾曼就像溺水的人抓住浮木似的跑向她。

「怎麼樣，亞德．梅堤歐爾！怕了吧！這位！就是老夫的師父，也是史上最頂尖的頭腦！超越天才的至高學者神！她的大名叫做──」

「我是維～達！阿爾！哈薩～～～德～～～！放輕鬆叫我神就好～！☆」

她不知為何對著這邊下腰，盯著我看，露出滿面笑容。

維達．阿爾．哈薩德。

是天才又是天災、冒犯神域之人、終極智能……這個有著五花八門外號的少女，我不可能不知道。因為她以前是我的部下。

維達．阿爾．哈薩德──古代的四天王之一。

「哎呀呀～站在那裡的……可不是奧莉維亞嗎！超～久不見的啦～～～！妳過得還好嗎～～～？」

「……嗯。」

奧莉維亞有點不敢領教地做出回應。

維達先對一雙獸耳因厭煩而低垂的她笑了笑，接著轉頭看向我們。

這一瞬間，伊莉娜與吉妮全身一震。

這也難怪。我們穿越到古代世界的那趟奇異之旅中，就吃了維達各式各樣的苦頭。

會提防一樣的情形是否將再度上演，也是很正常的吧。

然而——

「哎呀，連席爾菲也在啊！令人懷念的臉孔都到齊了呢～！」

「唉，這可遇到討人厭的傢伙……」

我們被送去的古代世界，和現在的世界，似乎並沒有接續。

大概就是所謂的平行世界吧。因此這個維達是第一次見到我們。或許也就是因為這樣，倒也沒有來跟我們——

我才剛想著她不會與我們交談，結果馬上——

「嗯～～？」

維達一雙大眼睛看向我，歪了歪頭。

「……怎麼了嗎？」

我佯裝鎮定，內心卻充滿緊張。不妙。憑這傢伙的眼力，就算發現我＝「魔王」也不奇怪。

一旦被她發現，我這些年來建立的平凡村民形象，就會當場瓦解——！

我手心冒汗，看著維達。

結果她接下來說出的話是：

「是個相當不錯的天才耶～～！你叫什麼名字呢？」

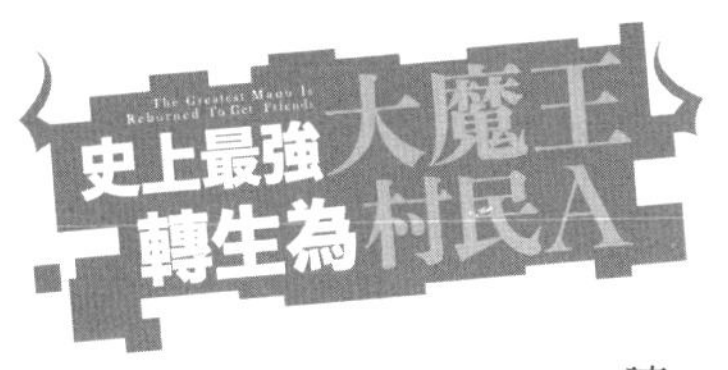


維達稚氣的臉上露出笑容。

……沒拆穿嗎？

我暗自鬆了一口氣，回話說：

「我叫亞德・梅提歐爾。竟然有幸拜見威名遠播的維達大人，實乃畢生難以再有的幸運。」

說完我一鞠躬……結果並未被深入追問什麼。

這是不是可以解釋為沒被拆穿？

我冒著冷汗，窺看她的神色。

另一方面，諾曼則哭訴似的靠向維達。

「師父！這小子，囂張得不得了！老夫親耳聽見他揚言說學者神的寶座他要了！我們就讓這個無禮的小子，見識見識誰才是真正的天才吧！」

「哦哦～這我可不能當作沒聽見啊。」

維達笑著注視我。

我立刻就想開口辯解，但晚了一瞬間。

「好～～！我就接受你的挑戰！」

「不，請等一下，維達大人。我——」

「可是，不是馬上！我要準備個幾天！」

「等等，我什麼都沒──」

「哼哈哈哈哈哈！你就儘管在教育旅行玩個夠吧！因為旅行的最後一天，就會變成你的忌日了！哼哈哈哈哈哈哈哈！」

這對師徒真的是完全都不聽人說話。

……順便說一下。

「喂喂，亞德找維達大人碴耶。」

「這次再怎麼說也太不妙了吧。」

「不會的！亞德大人一定連偉大的學者神也贏得了！」

「沒錯沒錯！因為亞德是無敵的！」

周遭的這些人，也根本無視於我的意思。

「哼哼！這次的教育旅行，多半會變得很刺激呢！」

「亞德連四天王都打敗……啊啊，光想像就流口水了。」

「加油啊，亞德！我很久沒看到維達懊惱的表情了，真想再看看！」

我對這些期待的眼神回以乾笑。

——這個時候，我還無從得知。

我無從得知會讓我心亂的，不是只有維達——

我由衷祈禱，希望事情不要如這獨白發展。

# 第一日　伊莉娜之魂

「我想當媽媽！」

大白天的。

被太陽照得閃閃發光的大道上。

我們伊莉娜小妹妹，抬頭挺胸喊出這麼一句話來。

「……呃，伊莉娜小姐？妳沒頭沒腦說什麼啊？」

「妳這表情是怎樣啦！有什麼好嚇到的！」

「不，妳都沒頭沒腦說想當媽媽了……是不是？」

吉妮看向我，徵求同意。

我先點點頭，然後說：

「妳到底是怎麼了？突然說想懷孕……不，我想應該不會啦，但難不成妳已經有身孕了？如果是這樣，希望妳把對象的名字和住址告訴我。我要去打個招呼。」

打個招呼，順便把他大卸八塊。

竟然敢動我們家伊莉娜小妹妹，罪該萬死。

我讓一股暗黑色的情緒在心中翻騰，伊莉娜就微微搖頭說：

「不是啦，我不是說這個！我是聽了剛剛的故事，被打動了！」

伊莉娜一雙骨溜溜的大眼睛閃發光。

「妳說剛才的故事……」

「該不會是聖母的故事？」

看到伊莉娜點頭，我和吉妮這才想通是怎麼回事。

事情就發生在前不久。

我們離開諾曼的研究院後，前往人稱聖母像的觀光名勝兼教學場所。

這是教育旅行第一天，團體行動的最後一個地點。

那兒有著一座巨大的女神像。

當地擔任嚮導的侏儒族女性，在這座巨像前這麼說：

「呃～這就是眾所皆知，扶養『魔王』大人和奧莉維亞大人的艾夏大人巨像～」

接著嚮導說了：

「『魔王』大人和身為他部下的傳說使徒奧莉維亞大人，以姊弟相稱，這點大家都知

道。兩位是在貧民街認識，培養出交情……是這樣沒錯吧，奧莉維亞大人？」

「……嗯。」

「聖書上寫說，當時兩位都過著很亂的生活。」

「……算是啦。」

「兩位都沒有雙親，對愛飢渴。而突然出現在這樣的『魔王』大人與奧莉維亞大人面前，對兩位投注母愛的，就是艾夏大人！」

「……是沒錯。」

「可是！艾夏大人卻命途多舛！有一天，邪神知道了『魔王』大人的存在，卑鄙地策劃了奸計！覬覦他們兩人的性命！艾夏大人為了拯救他們兩人，於是挺身而出……拿自己的生命作為代價，掩護他們兩人逃走！啊啊，這是多麼令人鼻酸的悲劇！」

「嗚嗚……！多麼可憐……！」

貓導流下眼淚。我環顧四周，學生們似乎也都跟著有了同樣的反應。

「聖書我已經看得書頁都要磨破……可是就只有離別的場面，我不管看幾次都會忍不住哭出來……」

伊莉娜與吉妮也都用手帕按住眼頭。

可是——

「……？怎麼跟我聽到的情形不太一樣……？」

只有席爾菲以狐疑的表情歪著頭。

至於站在她身旁的奧莉維亞與我有什麼反應——

就是也只能苦笑了。

那傢伙為什麼能被稱為聖母，我簡直無法理解。

的確，那時候我們是被一個叫做艾夏的侏儒族女子扶養。

可是，我們學到的都是賭博怎麼出老千，或是扒竊的方法。此外，她是個徹頭徹尾的守財奴——

「怎麼啦怎麼啦！今天你們只賺了這麼點錢嗎！啊～！你們真的很沒才能啊～！與其這樣，我自己去賺還比較好～！」

她拿走我們透過扒竊和賭博賺來的錢，卻還大肆抱怨，把酒當水喝，滿口罵人的話。

坦白說，稱這個人為人渣也不過分，所以我完全不尊敬她，也不覺得她有恩於我們。

至於離別那一天的事……也全是胡說八道。

艾夏沒死。她豈止沒有挺身保護我們，還全力逃跑了。

跑來襲擊的那些傢伙，我一瞬間就擺平了。

從此我就和奧莉維亞創立叛軍，揭竿起義……不過這件事就先不提。

後來我們再也沒見到艾夏。也許她就死在路邊，也說不定成了有錢人。

不管怎麼說，我對她之後的事沒有興趣。

……萬萬沒想到這樣的女人，竟然被當成聖母崇拜啊。

「艾夏大人實實在在就是全世界女性的理想！各位女同學！等妳們生了小孩，也要當個像艾夏大人一樣的母親喔！」

不，要是變成那種母親，小孩會學壞的。

真不知道為什麼流傳下來的內容會完全相反。

……只是話說回來，我也不便去訂正。

「艾夏大人真是母親的楷模！」

「我們就去買迷你銅像當紀念品吧！」

「也對，擺設在房間裡，會是很好的警惕。」

看來在現代，那個人渣成了世間女子的典範。

那最好還是別硬去訂正，丟著別管吧。

雖然看在知道真相的我和奧莉維亞眼裡，就覺得心境相當複雜。

……然後——

我們聽了一大堆莫須有的奇聞軼事，最後迎來了小組活動的時間。

在我聽來，也只能覺得沒轍，心想真虧流傳到後世的故事會那麼胡說八道。

然而，伊莉娜似乎有了不同的感想。

「聽著艾夏大人的故事，我啊，就想起了媽媽！」

她當然也有母親。

只是……我從不曾見過她母親。

「媽媽是我最崇拜的人。艾夏大人很厲害沒錯，但我媽媽也是很了不起的人。所以……我想變成像媽媽那樣的人！」

原來如此。

不是想當媽媽，說得精確一點，是想變成媽媽那樣的人，是吧。

所以她是聽了聖母的故事，重新燃起了這股熱情。

我隱約可以體會這種心情。雖然也許不太一樣，但我有時候看著建築相關的書，也會導致以前的創作欲甦醒，讓我想再打造一座城堡。

「可是，我不太有自信耶。會想到就算我有了小孩，是不是真的就可以當個好媽媽。別說能不能變得像媽媽那樣……根本連能不能當個像樣的媽媽都不知道。」

「也是啦，畢竟大家都說育兒很辛苦嘛……可是伊莉娜小姐，我想妳應該還沒到要擔心這種事的階段。」

「妳是什麼意思啦？」

「……妳知道怎麼生小孩嗎？」

「啥……啥！別……別看不起人了！這……這種事情我清楚得很！不……不就是那個嗎？跟喜……喜喜……喜歡的人，這個……親……親下去，不就生得出來了嗎？這種事我也知道！爸爸以前就教過我了！」

「不不不，伊莉娜姊姊，連我也知道不是這樣啊。妳聽好了，小孩子啊……是送子鳥送來的！哼哼！」

「不，妳說的也完全錯了。」

「哇哇！」

我一邊聽著她們的對話，也產生了和吉妮一樣的想法。

的確，伊莉娜還不到煩惱能不能成為她所嚮往的母親這樣的階段。

畢竟她連怎麼生小孩都不知道。

然而，我覺得這樣就好。

我希望她繼續不知情地活下去。

不，我也知道。知道伊莉娜多半遲早會有小孩。

然而……

光是想像那個時候，我就會對她的對象產生殺意——！

對我來說，伊莉娜既是個好朋友，又像是我的親生女兒。

我萬萬不能容許有人動她。

我期盼她得到幸福，但只有這件事我就是沒辦法接受。

因此，我希望會和她生小孩的對象不要出現——

我正想著這樣的念頭——

離我們很近的空間，竄出了裂痕。

看清楚裂痕的瞬間，所有人臉上都有了緊張的神色。

不只是她們，民眾也都有了同樣的表情。

「……事件永遠是突發的，只是，實在希望至少旅行中可以不要這樣啊。」

我瞇起眼睛，注視虛空中的裂痕。

過了一會兒，裂痕逐漸擴大——

才剛聽到轟隆一聲低響，便有東西從裂痕中跳了出來。

是個人。

從有著尖耳朵看來，種族大概是精靈族吧。

性別是女性，年齡……相當幼小。

而這個人，穿著和我們一樣的學生制服。

但她不是我們的同學。

一看到她外貌的瞬間，不只是我，伊莉娜她們想必也想到了同一個念頭。

這個突如其來出現在我們眼前的年幼少女是——

「伊……伊莉娜小姐……！」

沒錯，她的長相和小時候的伊莉娜一模一樣。

「妳……妳是誰……？」

伊莉娜就像在對鏡子裡的自己說話，慢慢問起。

對於這樣的伊莉娜，對方不知為何露出像是懷念的表情。

但這只有短短一瞬間。

年幼的少女立刻換上毅然決然的表情，挺起胸膛說：

「我的名字叫做艾莉絲！是來自未來的戰士！」

這個少女自稱叫做艾莉絲，同時說出這種令人無法不瞠目結舌的話，然後指著伊莉娜，喊說：

「今天，這一天！妳會發生糟糕的事情！我就是為了保護妳，阻止這種情形發生，才會從未來來到這裡！如果，我沒能保護妳——」

「這個世界，就會滅亡！」

這個出現得毫無預兆的少女，自稱是未來人。

當然了，民眾的視線只會集中到我們身上。

……該怎麼說呢？

我覺得，非常不自在。

「呃，妳叫艾莉絲小姐，是嗎？妳過來一下。」

「啥啊！你用這種覺得這小孩腦子有毛病的眼光看我是怎樣！是說不要碰我啦，變態！」

「別生氣別生氣，過來這邊一下……來，各位也過來。」

我急忙離開大街，走進一條沒什麼人經過的小巷。

換了地方後，我看向艾莉絲，對她問起：

「請問妳是從哪裡來的？我想知道妳的身分和來歷。」

「啥啊！你白痴啊？我剛剛不就全都說了嗎？我是艾莉絲！為了保護媽……不是，是為了保護伊莉娜而趕來的戰士！真是的！一樣的話不要叫我重說！」

她以相當嗆的態度一邊吼，一邊瞪著我。

「……呃，說是來自未來的戰士，這實在……對吧？」

吉妮也和其他人一樣，表露出懷疑的態度。

來自未來的使者——這種事一時間實在令人難以置信。

畢竟要回到過去，就連我都辦不到。

但話說回來——

來自未來的使者這種事情，並非絕對不可能發生。

我想起的，就是短短幾個小時前的事。

我、伊莉娜和吉妮三個人，就被一個自稱是神的小孩，送去了古代世界。

那麼這個艾莉絲，是否也是被那個自稱神的小孩送來的呢？

我試著問了，然而——

「啥？神？那誰啊？」

看來不是。

既然如此，她又是怎麼來到這個時代的呢？

「這是祕密！我絕對不能說，爸……是那個變態不讓我說出來！說是會發生時空矛盾什麼的！而且什麼叫做時空矛盾啦，講得讓我聽得懂好不好！」

艾莉絲莫名地指著我，說得氣呼呼的。

「……亞德，這孩子，該不會是『魔族』的尖兵？」

這個推論也有著充分的可能。

然而……如果真是如此，就完全推測不出「魔族」的意圖。

相對的──

如果凶手是我現在腦海中浮現的人物。

我認為這個可能性最高，於是先發動了偵測魔法。

我掌握「那傢伙」的位置，接著發動召喚魔法。

剎那間，我們眼前的石板上，顯現出魔法陣──

召喚對象在一陣濃煙中出現了。

她就是天才天災魔法學者，前四天王當中的維達──

還不只是這樣——

「唔喔喔喔喔喔喔喔喔喔喔喔喔喔喔喔喔喔喔喔！」

還可以看到一個中間挖空的滾輪裡，諾曼拚了命在奔跑。

……這些傢伙在搞什麼鬼？

喀啦喀啦喀啦喀啦喀啦。

車輪狀的裝置發出聲響轉動。

諾曼作為動力源，一邊灑著汗水一邊呼喊：

「唔喔喔喔喔喔喔喔喔喔喔喔喔！對了，師父！這到底……是什麼樣的實驗啊啊啊啊啊啊啊啊啊啊啊啊啊啊啊啊！」

「你喔，這當然是那個啊……是什麼呢？」

「師父您怎麼還問是什麼呢？這該不會沒有任何意義吧！」

「喂喂～怎麼可能呢？你啊，知不知道我是誰啊？是我耶！你懂嗎？是、我、耶。真是的，饒了我吧～……對了，你叫什麼名字來著了？」

「諾曼！老夫是諾曼啊，師父！請您也差不多該記住了！」

「哎呀~我不擅長記住自己沒興趣的人叫什麼名字耶~~」

「對幾十年的徒弟沒興趣是怎樣啦，師父！」

……我說真的，這些傢伙在搞什麼鬼？

算了，我可沒那力氣去配合他們的步調。

我臉頰抽搐，對維達問起：

「不好意思，我有些話想和您說。」

「嗯？嗨嗨，這不是亞德嗎！你怎麼會來這……咦，等等，地方換了啊。該不會是你用召喚魔法叫我出來？」

「正是……我沒有時間，所以就單刀直入地問了。請問這位少女，是您派來的嗎？」

我猜測這就是真相。

想來艾莉絲多半就是伊莉娜的複製人之類的。她肯定又想利用這件事，策劃一些無聊的事情。

我是這麼想的。然而——

「咦，我不記得做過這種事啊？」

維達歪頭納悶，用疑惑的眼神看向伊莉娜等人。

相對的……

我則冒出了冷汗。

因為維達的話並非謊言。

我問問題時，小心不讓她發現，發動了好幾個魔法。

這些魔法都是用來檢驗她的話是真是假——

所有的魔法，都證明了維達的發言是真話。

「該不會，是真的未來人……？」

「咦，未來人？啊，該不會是那邊那個小女孩？哼～～？的確，總覺得靈體有點奇怪啊。好，那就馬上解剖——」

「勞駕您過來一趟。已經沒事了。您請回吧。」

我再度發動魔法，把維達和諾曼傳送走。

……好了。

「艾莉絲小姐，妳到底是什麼人？」

「就～跟～你～說！我是來自未來的戰士啊！你這個糊塗蛋！」

……她也同樣沒說謊。

「亞德，該……該不會，是真的？」

「是啊，看來艾莉絲小姐似乎是真正的未來人。」

「這也就是說……」

「她說接下來會發生不妙的事情，也是真的了？」

我們面面相覷，然後同時看向艾莉絲。

啊啊，真是夠了。

為什麼事情就是會弄成這樣？

……既然這樣，也只能接受一切了。

「那麼，艾莉絲小姐，妳所說會發生不妙的事件，是什麼樣的事情呢？」

「不知道！」

「……那麼，幾時會發生？」

「不知道！」

「…………」

「你幹嘛用這種看笨蛋的眼神看我！有什麼辦法！事情就是發生得那麼突然啊！有一天，世界突然開始瓦解……爸……不是，我是說，是那個變態去查了情形，說媽……不是！是一個叫做什麼伊莉娜的精靈族，被牽連到一個不妙的事件裡，造成世界開始毀滅什麼的！」

「所以妳是說，除此之外妳什麼都不知道？」

「對啊！他說了什麼觀測到時空的錯亂之類的……我都聽不太懂，所以就沒聽！」

「……這樣嗎？」

我不由自主地重重嘆了一口氣。

「目前我馬上能想到的對策……就是例如讓伊莉娜小姐隔離在異空間之類的。就這樣等到今天這一天過去，如何呢？」

「大概不行！爸……不是，是那個混蛋大變態說！說就算隔離媽……不是，是就算隔離伊莉娜，也會因為什麼因果還是真理的關係，改變不了結果！」

因果與真理啊。這麼說來，除非改寫命運，不然所有的行動都會沒有意義。

無論如何掙扎，事件都會發生。

而且伊莉娜會遭逢危機的這個結果也不會改變。

這種情形下，對策就只剩一個。

「在事件發生時，把所有會危害伊莉娜小姐的事物，都硬碰硬地排除掉……就只有這個方法了吧。」

「這麼單純好懂，真是好辦呢！」

「也是啦，我們這邊有亞德，什麼問題都沒有。」

除了艾莉絲以外的成員，似乎全都有著十足的安心感。

伊莉娜似乎更是比誰都相信我，臉上並未浮現出任何緊張的神情，反而在她惹人憐愛的美麗臉孔上，露出平靜的笑容。

「這就是說，我們能做的，就只有等到事件發生了吧。可是……在那一刻來臨前，窮緊張也不會讓結果不一樣。這種時候呢……」

伊莉娜說到這裡，朝艾莉絲的臉上看了眼。

「這趟旅行我們就好好去玩吧！艾莉絲！妳也要一起來，知道嗎！」

「……嗯！」

不知道為什麼，艾莉絲似乎只相當親近伊莉娜。

她露出滿面花朵綻放般的笑容，撲向伊莉娜豐滿的胸口。

就這樣，我們走出小巷，繼續旅行行程。

加進了艾莉絲的五個人，在街上逛著。

「哦~這個時代的金士格瑞弗，是這個樣子啊。」

「跟未來的街景不一樣嗎~？」

「嗯。未來沒有這麼多人……所以感覺好新鮮！」

她眼神發亮，四處張望。

模樣已經只像個尋常的觀光客。

「我說媽……不是，是伊莉娜！我肚子餓了！我想吃那個！那個！」

「蜂蜜麵包？好啊，我買給妳。」

「哇～！我最喜歡媽……伊莉娜了！」

伊莉娜與艾莉絲，並肩走向攤販。

看著她們的這種互動，該怎麼說呢？

「嚼嚼……這個時代的麵包也好好吃！」

「未來也有麵包嗎？」

「當然有啦。因為我來的時代和這個時代，也沒隔多少年。」

「是喔～不過話說回來，妳真的吃得好幸福呢。」

「嚼嚼……那當然……嚼嚼……吃好吃的東西時……嚼……是我第二幸福的時候……嚼嚼……嗚，喉、喉嚨！」

「啊，來來來，喝水喝水。」

「……呼～差點就噎死了。」

「真是的，吃飯的時候要細嚼慢嚥，媽媽沒教過妳嗎？」

「……媽媽有好好教我。對不起媽……不是，我是說伊莉娜。」

「我是沒關係啦。而且，妳剛剛說吃好吃的東西是第二幸福的時候，那最幸福的是什麼？」

「那當然是和媽……不是，是和伊莉……不，這大概沒關係吧？呃……和媽……媽媽在一起的時間，最幸福！」

「……也對，我也這麼覺得。」

兩人相視微笑。

她們的模樣，該怎麼說，簡直像是——

「她們兩個簡直像是一對母女呢。」

吉妮替我說出了心聲。

……也對，的確是。她們長得那麼像，該怎麼說，還隱約有種怎麼看都不像陌生人的感情聯繫。

但即使如此，現階段仍未超出「像」的範圍。

艾莉絲只是湊巧和伊莉娜長得很像的可能性還比較高——

「再來我想吃那個！可以吧？媽……等等！不……不對！剛剛那是，這個……」

「啊哈哈，不用放在心上。我在妳這年紀的時候，也常常把村子裡的阿姨叫錯，叫成媽媽。」

「沒……沒錯！是叫錯！這只是叫錯！嘿嘿嘿！」

……不，還不能確定。

離確定還差得遠——

「啊！」

「等等，艾莉絲！妳還好嗎？真是的！妳就是走路不看腳下才會跌倒！」

「嗚……嗚……哇啊啊啊啊啊啊啊啊啊啊！好痛喔喔喔喔喔喔喔喔喔喔喔喔喔喔喔喔！人家膝蓋破皮了啦啊啊啊啊啊啊啊！」

「啊啊，真是的，別哭別哭！哭了會讓幸福跑掉喔。」

「嗚嗚……」

「沒錯沒錯，忍耐忍耐。」

「……艾莉絲，很乖嗎？」

「嗯，很乖很乖。來，痛痛飛走吧～！好了，已經沒事了！對不對？」

「嗯！謝謝妳，媽媽！」

……已經完全不想遮掩了嗎？

說來令人難以置信，或者該說——不想相信。

那個叫做艾莉絲的丫頭——不，雖然我認為不是這樣的可能性比較高，可是——

搞不好，艾莉絲……也許是伊莉娜的小孩。

不，我是覺得並非如此。我一點都不覺得是這樣。可是──

畢竟伊莉娜就像個為了體現清純這個字眼，才下凡到這個世界的天使。而她卻迷上一個不知道哪裡冒出來的死傢伙，竟然還生……生生……生了……小孩……！

終究不可能！

萬萬不可能！

就算真的發生，我也不容許！

我才不會讓伊莉娜去當任何人的新娘！

絕對不准！

「亞……亞德，你怎麼了？看你表情變得和食人巨魔一樣。」

「請不要在意，我只是在擬定把假想敵大卸八塊的計畫。」

「……不，我有夠在意的啦。到底是怎麼啦？我說真的。」

我無視一臉狐疑的席爾菲，繼續陶醉在妄想當中。

鬧著鬧著，時間仍一分一秒在流動──

現在的時間是傍晚。

暮色漸濃的天空下，艾莉絲不只和伊莉娜，和吉妮與席爾菲也有說有笑。看來她在這麼短的時間內，就和大家打成一片了。

……然而——

艾莉絲對眾人是敞開了心房，可是——

至於她對我是如何。

「艾莉絲小姐，妳走路不看腳下，小心又會跌倒喔。」

「……用不著你說，我也知道。」

就是這樣。

「艾莉絲小姐，妳肚子餓不餓？」

「我說啊，剛剛我吃了很多吧？你都沒看到嗎？」

就是這樣。

「艾莉——」

「不要開口，你嘴很臭。」

就　是　這　樣。

我到底做了什麼？

她說到一半，被伊莉娜罵說：「不可以這樣說話！」而眼眶含淚，即使如此仍堅決不改變態度。

……就算被這種根本不知道打哪來的小孩討厭，我的心也不會因此有什麼動搖。

我亞德．梅堤歐爾現在只是個平凡的村民，但前世可是被譽為「魔王」的人。

我怎麼可能去看一個年紀輕輕的小丫頭臉色？

何況是被小丫頭的態度刺傷，這絕對不可能。

……所以，我這番發言是純粹出於好奇心。

「艾莉絲小姐，妳是不是咬……討厭我呢？」

說到一半還舌頭打結，但並不是緊張。

我一點都不擔心要是被討厭該怎麼辦。

如果只有我一個人被討厭，就會覺得自己好像問題多多，這樣的念頭我根本沒在想。

……現在氣溫有點高，所以我會冒汗也是非常自然的事情。

艾莉絲半瞇著眼，看著這樣的我說：

「你啊，如果一個男人已經有妻小，卻還讓很多女人服侍自己，你覺得這個人怎麼樣？」

「咦？這……這麼說有點難聽，但我想應該是個相當渣的渣男吧？」

「沒錯吧？」

「是。只要想想對方，就會覺得和妻子以外的女性維持關係，是絕對不該做的事情。」

「如果還因為這個人花心，害妻子頻繁哭泣呢？」

「我想這已經是人神共憤。」

「這樣的人如何?」

「罪該萬死吧。」

「嗯。說穿了就是這麼回事。」

是怎麼回事啦?

……到頭來,艾莉絲始終並未對我敞開心房,自由活動時間就結束了。

「話說,我們差不多得回旅館去不可了。」

「什麼事都還沒發生,對吧?」

「離這一天結束,還剩五小時左右。可是,事件會在剩下的時間裡發生嗎?」

「眼前就先把艾莉絲也帶回旅館去吧~」

前往旅館的途中,我一邊看著艾莉絲的背影,一邊尋思。

眼前完全沒有會發生事件的跡象。

連一丁點預兆都沒有。

我不停以偵測魔法偵測市街,但沒有任何可疑的人物或動向。

既不是有「魔族」潛伏,而且維達現階段也很安分。至少,要說會在接下來的幾小時內發生什麼史無前例的大事,實在不太可能。

這樣一來，就產生了一個疑問。

艾莉絲是不是在說謊。

她是未來人，這點多半是事實。

但如果說今天之內會發生事件的這部分是謊言呢？

如果她是拿這個說法當藉口，以便接近伊莉娜——

那就表示艾莉絲才是真正的敵人。

……這種可能性果然也無法否定。

然而，現階段，這一切全都還只是推測也是事實。

要說我能做什麼，也就只有不斷保持警戒。

……沒錯，大概也就是因為我這樣告訴自己。

所以當第六感敲響警鐘，身體才能迅速做出反應。

有事情不妙。有了這種感覺的同時，我發動了防禦魔法。

魔法陣顯現出來，接著半透明的屏障遮住我們。

「咦，怎麼了？」

伊莉娜露出困惑的表情後，立刻有水彈打在屏障上。

從衝擊的情形來看，並不是什麼大不了的攻擊。即使不防禦，這威力大概也不至於造成什麼嚴重的後果。

但是，很奇妙。

先前的攻擊，不是瞄準伊莉娜……

而是以艾莉絲為目標。

到底是打什麼主意？

為了問清楚這點，我抬頭看向頭頂。

以橘紅色天空中一道裂痕為背景，一名少女飄在半空中。

她披著長袍，頭部用連衣帽遮住。

「……我可以把妳視為我們的敵人嗎？」

對方沒有回應，就只是俯瞰著我們。

艾莉絲似乎對少女這情形不耐煩了，吼說：

「妳就是事件的主謀吧？沒錯吧？我不知道妳有什麼企圖，但我可不會讓妳得逞！我要打倒妳，拯救未來世界！」

這時少女全身一震，就像在表達怒氣。

接著——

「妳還真敢說。明明一切都是妳害的。」

仔細一看，她帽子下露出的嘴，頻頻抽動。

「啥啊！妳在說什麼鬼話！講大聲一點啊！」

艾莉絲還在吼，少女則像是終於再也忍不下去，重重咂嘴一聲。

「啊啊，是嗎！那我就大聲說給妳聽！就是妳害得我的時代發生很嚴重的事！妳干涉了這個時代，造成時空變動，發生了時空矛盾！」

「啥！妳在胡說什麼？」

「啊啊，夠了！原來妳『小時候』這麼笨啊！那我就說得讓現在的妳也聽得懂！」

少女吼回去之後，手放到帽子上——用力掀開。

底下露出來的臉孔——

「我是愛瑞絲！是來自未來的戰士，來這裡就是要讓妳回到原來的時代！好了，乖乖回到未來去吧，媽……不是，我是說艾莉絲！」

她和長得與伊莉娜一模一樣的艾莉絲，長得一模一樣。

「來自未來……這是怎麼回事……？」

突如其來的事態，讓艾莉絲一頭霧水。我們也一樣多少有些亂了方寸。

「艾……艾莉絲，那孩子，是妳的同伴嗎？」

「我……我不知道……我根本不認識那種人……」

看到艾莉絲冒著冷汗連連眨眼，自稱愛瑞絲的少女眼角揚起。

「妳當然不知道！畢竟我是從比妳更未來的時代過來的！」

「比我的時代還更未來？」

艾莉絲愈聽愈不解，然而——

我則漸漸看出了大概的全貌。

「妳叫愛瑞絲小姐，是吧？我有幾個問題想問妳，可以嗎？」

「……問什麼？」

「先前妳是這樣說的吧？說是因為艾莉絲小姐干涉了這個時代，才會發生時空矛盾。」

「是，就是這樣。」

「也就是說……我可以解釋為，這次的事情原因全在於艾莉絲小姐來到這個時代嗎？」

「這！你說這什麼鬼話啊！」

艾莉絲睜圓了眼睛看著我，但愛瑞絲點了點頭：

「正是。想來媽……不是，我是說想來艾莉絲對你們這樣說了吧？說這一天，外婆……不是，是說伊莉娜會出事，結果會導致未來世界瓦解。」

沒有錯。

我點頭回應，愛瑞絲就在空中聳了聳肩膀表示沒轍。

「事件會發生的確是事實。可是，我無法確定事件的內容。但可以確定的是，媽……不是，我是說艾莉絲，這個事件，就是因為妳來到這個時代而發生的。」

「妳……妳胡說什麼？怎麼可能會有這種事！」

我不理會困窘的艾莉絲，對愛瑞絲問起：

「那麼……妳是說只要艾莉絲小姐回到原來所待的世界，事件就不會發生了？」

「我認為這個可能性很高。至少，我的時代發生的時空矛盾應該會得到解決。」

「既然如此——」

我還沒說下去，艾莉絲已經對愛瑞絲吼了起來。

「叫我回原來的時代去？妳白痴啊！這種事沒得商量！說不定妳根本就是敵人！」

沒錯，艾莉絲的發言也無法否定。

這場議論，多半怎麼說都會是平行線吧。既然如此——

「唉，沒想到她小時候竟然這麼不懂事。既然這樣，那就沒有辦法，我就靠實力把妳送回原來的時代。」

「有本事妳儘管試試看啊……！」

自然就會變成這樣吧。雙方表露出戰鬥意志，眼看隨時都會開打。伊莉娜攔在她們之間，開口說：

「給……給我等一下！要是在這種地方大打出手——」

她一句話說到一半。

轟隆隆隆隆隆隆……

一陣天搖地動般的聲響才剛響起，下一瞬間，腳下劇烈搖動。

「地……地震……！」

「總……總覺得，有很不好的預感！」

席爾菲的直覺完全命中。

震動才剛平息，我們周圍的石板開始出現裂痕——

大地裂開了。

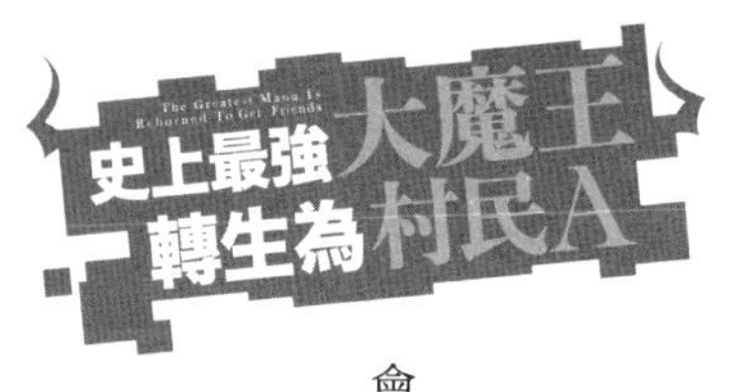


民眾驚慌逃竄。有人來不及避難，掉進裂縫中，我用魔法救出這些人。

救著救著，裂縫中發出黃金色的光芒，形成直衝天際的光柱。

光芒漸漸淡去……

接著，有人從中現身。

「呃～我叫做烏列爾～是為了防止基本世界的瓦解而來的～」

說出這麼一句話的這名妙齡女性……

和與伊莉娜長得一模一樣的艾莉絲長得很像的愛瑞絲，容貌十分相近。

「呃……烏列爾小姐，是嗎？不好意思，可以請妳再說一次嗎？」

「好的～呃～我叫做烏列爾～是為了防止基本世界的瓦解而來的～」

她以悠哉的語氣重說了一次，模樣令人覺得，伊莉娜、艾莉絲與愛瑞絲長大後，大概就會長成這個樣子——

「妳是來自比愛瑞絲小姐更未來的時代？」

「不是的～愛瑞絲小姐的世界是第一八七五八二基本世界。我所住的世界，是第九八五四五基本世界～」

「呃，也就是說……妳是來自平行世界？」

「就是這麼回事～」

「總覺得事情鬧得愈來愈大了……」

「有點跟不上……」

我、吉妮和席爾菲都抱持同樣的意見，但得有人把話題推動下去才行。

因此我雖然覺得厭煩，但還是開了口：

「那……妳的目的是？」

「是～我是來阻止艾莉絲小姐與愛瑞絲小姐的爭執～在兩位進入戰鬥狀態的時間點上，從第八四八五八八一七四二二基本世界到第一零八五四八七五八四四五基本世界，都已經毀滅～如果繼續進行戰鬥，基本世界就會依序消失～最終包括這個第四八七基本世界在內的所有世界，都會消失～」

我愈聽愈覺得頭痛，但不能放棄思考。

「所以是這麼回事了？只要艾莉絲小姐與愛瑞絲小姐不開打，兩位都回到原本所在的世界裡原本所待的時代，事件就不會發生……妳所說的，基本世界？也就不會消失？」

「就是這麼回事嘍～」

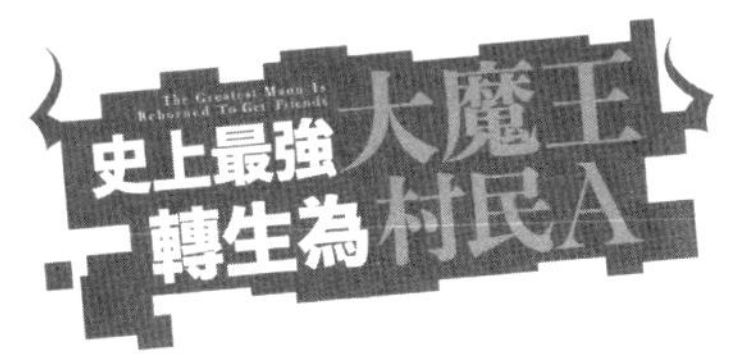

坦白說，我覺得事件已經發生了。

不過我就特意不去在乎這點吧。

現在的問題——

「妳……妳是怎樣啦！沒頭沒腦冒出來！」

「很可疑，不能相信。」

是這個情形。

這樣一來。

「嗯～傷腦筋～這可被世界樹給說中了～說兩位不會相信我～戰鬥阻止不了～所以只能靠實力～以我自己來說，是希望可以和平收場啦～…………不過，這也沒有辦法吧。」

剎那間——

烏列爾全身迸發出殺氣……

她的背後形成無數輝刃。

「這會讓兩位有點慘痛～還請忍耐一下喔～」

話才剛說完，大批刀刃已經撲向艾莉絲與愛瑞絲。

「哈！正合我意！」

「我該做的事，沒有改變……！」

二方混戰就此展開。

烏列爾長得很像愛瑞絲，愛瑞絲很像艾莉絲，艾莉絲又很像伊莉娜。

三人激烈的戰鬥，對整個古都金士格瑞弗都造成了災害。

「想來這大概就是艾莉絲小姐所說的不妙的事件吧。」

我一邊喃喃自語，一邊用偵測魔法，掌握整個都市的情形。

我對所有的生命反應，施加了防禦魔法。

這樣一來，就絕對不會出人命。

相對的，每分每秒都有建築物在倒塌。

我們現在站在大街的正中央，看著這場動亂——

周圍的建築物就以這裡為中心，不斷逐漸消失，所以視野也愈來愈好。

就結果而言，我們明明站在地面，卻能夠將逐漸消失的市街盡收眼底。

「亞……亞德！得……得快點阻止她們！不……不然市街會！」

「是啊，說得也是……」

吉妮催我趕快行動，但我只是雙手抱胸，面露難色。

如果我想阻止，兩秒鐘之內就能辦到。

然而……

我特意不阻止。

為什麼？

因為我正從市街崩毀的光景中，得到快感。

……的確，我多年來打造這金士格瑞弗，歷經了千辛萬苦。因此我對這裡懷有感情。

但更嚴重的是——

這金士格瑞弗裡，到處都是我不堪回首的記憶。

這一切也全都——

該怪莉迪亞！

例如像這樣——

「啊啊！『魔王』扮小丑的大舞台垮了！」

剛剛被破壞的，就是大剌剌設置在大街正中央的梯狀舞台。

那是「魔王」為了娛樂民眾，親自扮成小丑來表演才藝……流傳下來的軼事是這樣，但大錯特錯。

我並不是率先表演才藝。

是打賭輸了，被迫上台表演……！

當時莉迪亞那個笨蛋，頻繁地來這個城市玩，有時沒事就來找我碴。

當時由於我還不習慣她的手法，輸掉的情形也是所在多有……

結果就是那個梯狀舞台。

「好了，我贏啦～～～！你輸了，所以要扮小丑表演個才藝。」

「……妳說這什麼蠢話？王者怎麼可以做這種……」

「啊，你不會啊？也不想想自己明明是國王，卻連個才藝也不會啊？對不起啦～是我不好嘛～我怎麼想得到你平常一副自己無所不能的樣子，竟然會連一個搞笑的段子也沒有嘛——」

「誰說我不會了！我瓦爾瓦德斯沒有不可能！」

我完全中了她的激將法，在市區裡最引人矚目的地方蓋了舞台，扮成小丑表演了才藝。

只有莉迪亞一個人笑。

民眾看到王拚了命在表演，只覺得反感。

我的心好痛。

可是現在──

這些傷痛當中的一個，就要消失得無影無蹤──

坦白說，我痛快得不得了。

「啊啊！傳說的『魔王』全裸飛奔橋垮了！」

非常美妙。

我一直覺得，那種東西最好斷成兩截垮掉算了。

「啊啊！傳說中鬧出『魔王』大人吃霸王餐案而出名的那間店垮了！」

這樣就可喜可賀地倒閉了。

而且真虧這間店可以幾千年來都沒倒啊。真嚇了我一跳。

「啊啊！傳說的『魔王』大人說如果有個洞就會想鑽進去的那個大洞坍了！」

完全填起來了啊。

哼哼，我心情好到最高點。

「啊啊！為了紀念『魔王』大人大爆炸事件而設置的雕像垮了！」

非常完美地化為粉塵。

而且什麼叫做紀念我大爆炸而設置的雕像？

這種東西一點紀念價值都沒有吧。

「啊啊！『魔王大人』前滾翻紀念館垮了！」

垮了我心情才清爽呢。

「啊啊！『魔王』大人被勇者踢到膝蓋大哭的雕像碎掉了！」

只有莉迪亞雕像的頭部粉碎了。

妳活該。

哼哈哈哈哈，真想叫她們三個繼續打個——

「啊啊！魔王城！」

…………咦？

「啊啊！只有魔王城一直被破壞！」

等等。

「啊啊！塔的一部分粉碎了！」

妳……妳妳……妳……

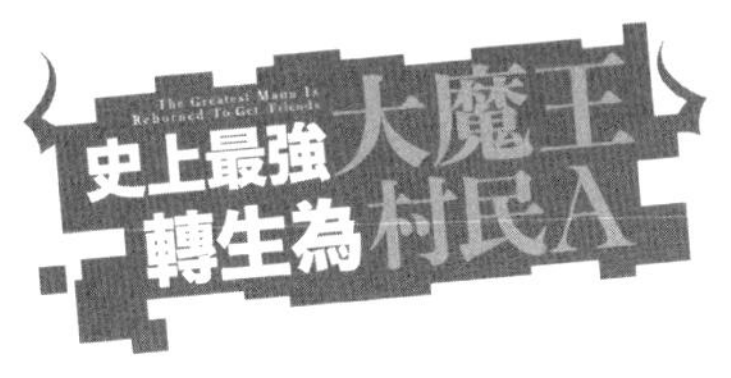

# 妳們給我搞什麼鬼啊啊啊啊啊啊啊啊啊啊啊啊啊啊啊啊啊啊啊啊啊啊！

我的城堡──千年城，這不是被搞得一塌糊塗了嗎！

啊啊，天啊！

為了打造出那座城，我不知道費了多少熱情與辛苦！

一下子是被莉迪亞那個笨蛋一刀兩斷，一下子被席爾菲那個笨蛋給爆破，一下子被席爾菲那個笨蛋給爆破，一下子被席爾菲那個笨蛋給爆破……！

每次我都辛辛苦苦進行修復和改造，才終於完成這座我心愛的城堡！

妳們竟敢，竟敢！把它變成一堆斷垣殘壁────！

我再也饒不了妳們！

看我怎麼把妳們三個笨蛋，一起處以打屁股之刑！

激烈的情緒，驅使我動起雙腳──

但就在我即將踏上一步之際。

「妳們幾個笨蛋——是在搞什麼鬼啦啊啊啊啊啊啊啊啊啊！」

一個幾乎震破耳膜的大音量，迴盪在整個金士格瑞弗。

這一瞬間，艾莉絲、愛瑞絲與烏列爾等三人，都全身一震，停下了動作。

伊莉娜全力朝她們飛奔過去。

「艾莉絲放下妳的劍！愛瑞絲撤掉魔法！烏列爾！妳給我下來！」

看到伊莉娜氣得滿臉通紅地大吼，沒有人敢違抗。

她們全都乖乖聽話，接著——

「妳們三個，都給我在這裡跪坐坐好！」

「「「好……好的……！」」」

「我不會叫妳們別打架。可是，總該有限度吧！」

「不……不是啊，誰教她們——」

「不准頂嘴！」

「是，對不起！」

「而且烏列爾，妳喔，還射出刀刃，很危險好不好！要是大家受傷了妳要怎麼辦？」

「不……不是啊～那點攻擊，在我的世界根本沒什麼危……」

「別人家是別人家！我們家是我們家！」

「啊，是……」

「真是的！不要給別人添麻煩！」

「……妳的大音量也夠給人添麻煩了。」

「啥！」

「咿！對……對不起！」

「不要挑別人毛病！」

她對畏縮的女孩、少女、女子等三人訓話——

「作為處罰，我要打妳們屁股一百下！艾莉絲，先從妳開始！」

「咦咦！不……不要，不要這樣！」

「不准頂嘴！妳這孩子實在是～～！」

她打著屁股訓話的模樣，實實在在——

是個太有模有樣的媽媽——

◇◆◇

在我們伊莉娜小妹妹所施加的媽媽式制裁下，金士格瑞弗恢復了平靜。

之後事情迅速談妥……

確定艾莉絲、愛瑞絲、烏列爾，要回到原來的時代。

起初艾莉絲還很不情願。

「妳不聽我的話？」

「咿！不……不是，可是！我回到原來的時代，一切就能得到解決嗎？這種事沒有人可以保證——」

「要保證有啊。」

「咦？在……在哪裡？」

「我的直覺！這就是最好的保證！」

「咦咦～～……」

「妳這是什麼眼神，還想被打屁股是嗎？」

「我……我怎麼敢！」

伊莉娜一變成這樣，就是無敵的。

誰也沒有反駁，每個人都乖乖回到原本的時代、原本的世界去。

艾莉絲與烏列爾，就像要從伊莉娜手下逃命似的，縱身跳向裂縫。

另一邊的艾莉絲，則站在虛空中的裂縫前。

「……雖然時間很短，但我很開心。」

「我也是喔。好啦，有空就來玩吧，隨時歡迎妳。」

伊莉娜微微一笑，艾莉絲露出為難的笑容，搔了搔臉頰。

「呃～很遺憾，這是辦不到的。因為時間逆行，是只能用一次的大魔法。」

「咦？這也就是說……我們再也見不到了……？」

「不會的，沒有這種事。我們一定還能見到。」

看到伊莉娜的表情變得難過，艾莉絲莫名地嘻嘻一笑。

她靠近伊莉娜，跟她擁抱……

往她臉頰親了一下，然後說：

「將來有一天，我們未來見了，媽媽。」

說完露出花朵綻放般耀眼的笑容。

艾莉絲回到原來的時代去了。

「她果然是伊莉娜小姐的千金啊。」

「咦？咦？我的……小……小孩？妳是說艾莉絲？」

「啊～聽妳這麼一說，的確覺得就是這樣。畢竟她們長得一模一樣嘛。」

吉妮與席爾菲說得連連點頭，伊莉娜則聽得瞪大眼睛。

是嗎？原來已經確定了嗎？

伊莉娜的貞操被一個不知道打哪兒來的混帳東西給奪走，這樣最糟糕的未來已經確定了嗎……！

不。

我不可以死心。

未來永遠是要靠自己的力量去開闢的。

對，我可不會死心。

看不順眼的命運，我就親手粉碎掉！

我重新下定決心，拳頭朝天——

正要舉起之際。

「唔喔喔喔喔喔喔喔喔喔喔！糟糕了！事情糟糕了啦啊啊啊啊啊啊！」

有人發出吵吵鬧鬧的聲音接近我們。

是維達。

她甩動黃金色的頭髮，跑向我們。

「呼～……啊啊，好累。咦？那個未來人小妹妹跑哪兒去了？」

「剛才回未來去了喔。」

「咦咦！那真令人遺憾啊～虧我還想解剖她。就算只是刀尖劃進去一點點也好。」

看維達一臉遺憾地嘟囔著，我一邊聳著肩膀，一邊問起：

「那麼，請問有什麼事嗎？看您一路喊著跑過來。」

「啊啊，對喔對喔！就在幾個小時前，我不是對你說過嗎？說這件事不是我做的。」

「是啊。事實上您和這件事無關——」

「對不起！那是騙你的！」

「……什麼？」

冷汗自然而然地從我臉頰流過。

「請問，您在說什麼？」

「沒有啦，我也是剛剛才知道。呃～該從哪裡說起呢？從我這個偉大的學者神誕生的時候說起？」

「……麻煩只挑重點說。」

「咦～？算了，也好啦。那已經是……大概三百年前的事了？當時我在設計用來干涉平行世界的魔導裝置，可是這個啊～很難。就算憑我的神頭腦，仍然難產很久。」

「……那麼，您是說，您就停止了這個計畫？」

「沒有沒有！畢竟不死心也是學者需要的特質嘛！我就很有毅力地繼續進行。然後，我做出了魔導裝置的試作機……但也不知道是哪裡出了什麼樣的差錯，裝置就是沒有辦法啟動。」

「哦？所以您是說，連開始實驗都沒辦法？」

「嗯。結果啊，連個性溫和的我，也都氣得理智斷線了呢。我就罵說，為什麼你就是不聽我的話？為什麼不肯只看著我？」

「……是喔。」

「不管我怎麼呼喚，都得不到回應，所以我也到了忍耐的極限。就覺得算了！我再也不管你了！不要再讓我看到你的臉！然後就一腳踹下去，跟它分手了。然後我馬上又找到新的

研究對象，就忘了這傢伙……」

「您說的是實驗吧？不是在講戀愛話題吧？」

「從那以來，到今天大概三百年。我真的已經把那傢伙給忘了。可是……一看到艾莉絲的瞬間，我莫名地就想起了它。起初啊，我還覺得隨便……可是，就是會忍不住掛心。」

「您說的是裝置吧？不是什麼前男友吧？」

「於是我就久違地去見了它。結果啊……它開機了。我都丟著不管三百年了……到了這個時候才開機。我就對它說：『你這是打什麼主意？』可是它什麼話都沒回我。」

「畢竟是無機物嘛。畢竟只是魔導裝置啊。」

「我就甩了它，跟它說：就算你說想重修舊好也沒用！我已經有新的實驗了！可是它還是什麼話都不說……讓我也會覺得，是不是我不好，可是——」

「這個，不好意思，可以請您解釋得簡單一點嗎？因為我完全聽不懂您是在說明情形，還是在講戀愛的事情。」

「唉，真沒辦法啊。那我就從結論說起喔。」

維達先打住，然後淡然地開始說明：

「我三百年前製造的一種干涉平行世界用的魔導裝置，到了現在才啟動。大概就是在那個未來人小妹妹跑來之前不久。」

「……也就是說，她的來訪是受了那個裝置的影響？」

「沒錯沒錯。然後，我有個問題要問，在她之後，有沒有幾個人過來這邊？」

「有啊，有兩個人過來。怎麼了嗎？」

「……哎呀～」

維達額頭上冒出一滴冷汗。

我瞬間恍然大悟。

我本來以為，這次的事情，是只要艾莉絲回去，一切就已經得到解決。

但我錯了。

事件並未得到解決，反而——

甚至還沒開始。

「啊～看樣子那傢伙失控了呢～」

「……解釋清楚，快點。」

「簡單說呢，那個裝置的設計，是為了把和存在於這個世界當中的特定人物有緣的人，從對方的世界轉移過來。」

「改寫因果與真理，在存在於兩個不同世界的兩者之間製造出緣分，是嗎？而這次碰巧是伊莉娜小姐被選上了？所以她的近親才會來到這個世界，是吧？」

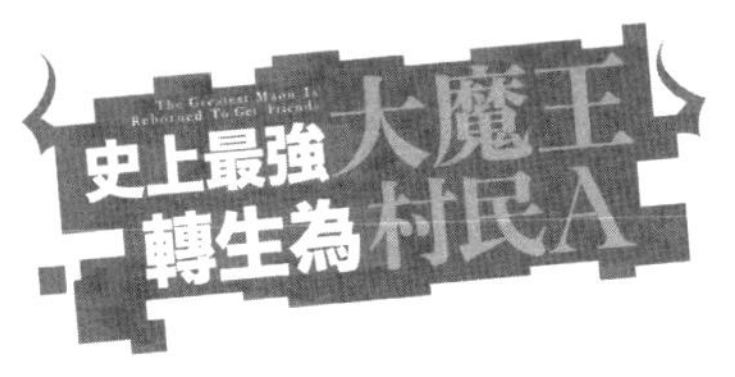


「說起來就是這麼回事了。然後，接下來要說的才重要……設計上，那個裝置開機一次，只能叫來一個人。可是，現在卻是開機一次就跑來了三個人。這只能說是裝置失控了。一旦弄成這樣——」

「該不會——」

最壞的未來，浮現在腦海中。

就在下一瞬間。

傍晚十分的天空，竄出一道巨大的裂痕，接著——

**「我乃天神伊莉娜，為了淨化這個世界而來。」**

一個巨大而神祕，長得很像伊莉娜的東西出現了。

然而——

並不是這樣就結束了。

天空又出現新的裂痕——

「我、乃、記、憶、伊、莉、娜。是、來、觀、測、這、個、世、界、的、紀、錄。」

然而——

並沒有這樣就結束。

天空又出現新的裂痕——

**「唔唔唔唔我喔喔喔喔乃魔界大帝！血腥伊莉～～～～娜啊啊啊啊啊啊啊啊啊啊！」**

並不是這樣就結束了。

天空又出現新的裂痕——

**「唔喔喔喔喔喔喔喔喔喔喔！我是山之伊莉娜啊啊啊啊啊啊啊啊！」**

並不是這樣就結（以下省略）

「吾乃神祕．伊莉娜！」

「老娘是千之伊莉娜！」

**「我是變身伊莉娜！」**

「人家是火花伊莉娜！」

**「我是金屬伊莉娜！」**

～～中略～～

「我是終極伊莉娜！」

**「在下是巨人伊莉娜！」**

**「老子是美妝伊莉娜！」**

一群來自平行世界的傢伙一個個出現。

第一天就這樣，第二天以後會鬧得多大啊——

面對這惡夢般的光景，我由衷覺得疲憊。

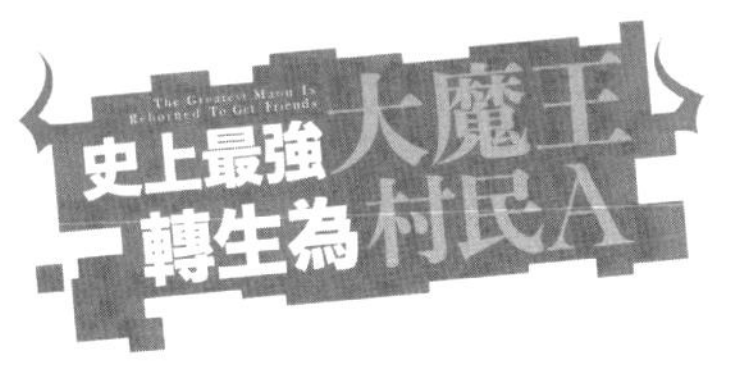


## 第二日　女人間的激戰時刻

鬧著鬧著，教育旅行第一天也平安結束了。

學生們都進了旅館，走進分配好的三人房。

然後吃完晚飯，洗過澡後，立刻就到了就寢時間。

「那麼晚安了，伊莉娜小姐、席爾菲小姐。」

「嗯，晚安。」

「總覺得今天好累喔～～」

熄去燈火後，轉眼間室內就籠罩在黑暗之中。

伊莉娜與席爾菲上了床。

吉妮也蓋上棉被……

幾秒鐘後。

「咕齁～～！咕齁～～！啊啊！莉迪姊姊，那不是『魔王』的頭，是鳳梨啦！」

席爾菲以破天荒的速度睡著，打呼&說夢話，令人完全睡不著。

「……伊莉娜小姐，妳醒著嗎？」

「……這種狀況下，睡得著才奇怪。」

「也是啦，就來做點噪音防範吧。」

約十五分鐘後。

「咕噁嘎嘎齁齁齁齁齁齁！咳！咳呸叭叭叭叭叭叭！」

「「這沒救了啊……」」

噪音防範毫無功效。她們試了很多方法，例如讓她咬住東西、往鼻孔塞布條，或是在臉上塗鴉，但反而只讓噪音更加惡化。

「唉，真的是沒辦法了啊。」

「……就聊到想睡吧？」

兩人相視點頭，開始閒聊。

她們兩人給人一種老是在吵架的印象，但實際上，只要不牽扯到亞德，她們不會有衝突。

……沒錯，前提是不牽扯到亞德。

談笑持續了一小時、兩小時，話題必然會用完。

於是吉妮終於提起了那件事。

「伊莉娜小姐，妳有喜歡的對象嗎？」

「這感覺是教育旅行一定要聊的話題呢。」

伊莉娜苦笑之後，不再說話。

她的意思應該是根本用不著問。

吉妮也特意不追問。

接下來，她們兩人談起了對他以外的戀愛經驗。例如初戀對象是誰、怎樣的戀愛才理想等等。

然而到頭來，話題還是會回到他身上。

「我還是覺得，說什麼也沒有辦法認同妳的想法。後宮這種東西，實在太噁心了。」

「關於這一點，我們已經是平行線了吧。」

「……只有這一點，我真的沒辦法理解。喜歡的人身邊有自己以外的女生待著，竟然還無動於衷。」

「因為對我而言，他從一開始就不是我應該獨占的人。」

她對自己這個想法沒有迷惘。本來她是這麼想。

但心中莫名地有種不痛快的感覺。

「唉。算了，如果妳覺得這樣無所謂，我也不會說什麼……可是，我敢斷定。只有這件事，我不會讓妳稱心如意。」

「這句話我就原封不動還給妳了～」

最後的話題談完的同時，強烈的睡意襲來。

照這樣子看來，哪怕有席爾菲的噪音，多半也睡得著。

「那麼，這次真的要睡了。」

「是啊，晚安。」

她們閉上眼睛。噪音依然響起，但漸漸地聽不見了。

吉妮的意識，慢慢下沉——

不知不覺間，吉妮已經站在森林裡。

是一片就像童話裡會出現的那種氣氛溫暖的森林。

然而……

實在很難說是正常。

首先是天上的太陽。

發出燦爛光芒的太陽，被畫上了一張不知道在濃眉大眼什麼的臉孔，露出燦爛過頭的笑容。

而且森林裡——

噔噔噔噔噔♪噔噔噔噔噔♪

噔噔噔噔噔♪噔噔噔噔噔♪

始終有著不知道在輕快什麼的昆蟲大合唱，小動物也隨著合唱以雙腳站立瘋狂舞動。

「……這是新款的惡夢吧。」

吉妮皺起眉頭。她想讓意識覺醒，結束這場夢。她這麼期盼，但不管怎麼做都沒有辦法起床。

「啊啊，真是的，到底是怎麼了呢？」

吉妮在昆蟲大合唱與小動物瘋狂跳舞的背景下，雙手抱胸，陷入苦思。

她正煩惱著。

「呼、呼、呼，小姐，這蘋果——」

「啊，不用了。」

「讓我說完嘛！真是的，這麼不好相處！」

本以為這個氣呼呼跺著腳的，是個披著黑色長袍的老婆婆……結果不是。

「為什麼維達大人會出現在我夢裡？」

沒錯，是前四天王之一，傳說級的麻煩製造者。

「哼哼～～這裡是夢，卻又不是夢啊，吉妮。我是為了某個目的，才會只將妳的意識挪到這個專屬空間——等……慢著慢著慢著！聽我講話啊！妳為什麼在爬樹啦？」

「沒有，我是想，如果從這棵大樹頂上跳下來，是不是就能恢復意識。」

「真虧妳會想試耶！一般人不會搞這個吧！在這種來路不明的空間裡！一般人都會怕風險吧！真是的，連我都嚇了一跳！真的嚇到我了！現代人真的有夠可怕！」

「妳才可怕多了吧……那麼，請問到底有什麼事？」

「啊啊，嗯。對了對了，我的步調都有點被打亂了，還是整理一下……我們就進入正題吧。」

維達稚氣的美麗臉孔上，露出平常那令人發毛的笑。

接著她伸出右手，手掌朝天。

結果，她的手毫無預兆地發出光芒……

「啊，弄錯了。不是這個。」

跑出了一把像是聖劍的武器，但維達隨手扔開。

然後她的手掌再度發光……

一會兒後，她的手上出現了一個很小很小的瓶子。

裡頭充滿了一種無色透明的液體。

「請問，這是什麼？」

「是妳現在最想要的東西。沒錯——就是迷魂藥。」

眉毛不由自主地一動。

「迷魂藥？……我不需要這種東西。」

「是嗎？我倒是自認看穿了妳的真心。」

「……請問這是什麼意思？」

「妳啊～不是想變成亞德心中的第一嗎？」

吉妮以沉默回應。

換做是不久前的她，多半會立刻回答不可能。

然而，現在的她卻無法這麼回答。

為什麼？

維達似乎看穿了她在如此自問自答，加深了笑意，替她說出心中的答案。

「因為妳有了自信啊，吉妮。認識他之前的妳，是個想法非常負面的女生。在認識他之後，這種情形也並未立刻改變……正是因為這樣，妳才會產生扭曲的想法。一種叫做容許後宮的扭曲想法。」

吉妮想反駁，但說不出話來。

因為維達的發言，讓她無法否定。

「一切都是發自妳負面想法的扭曲。妳覺得自己不可能可以獨占他。像自己這種人，不可能成為他心中的第一。像自己這種人、自己這種人、自己這種人——妳心中有的，都是這種消極的想法。可是……現在不一樣了。」

維達指著吉妮，說道：

「妳不斷成長，身心兩方面都是。相信妳的成長率，一定比任何人都高吧。比起妳視為對手的伊莉娜高得太多了。正因為這樣，負面的念頭才會漸漸從妳心中淡去……扭曲的念頭，也正漸漸得到消解。」

維達一邊慢慢走近，一邊輕聲細語地說下去。

「妳已經不是從前的妳。所以……妳有權獨占他，成為他的第一。」

這些話是多麼甜美。

至少，聽起來不會不舒服。

可是……並未甜美到足以讓她認同。

「我也不是……想要獨占他。因為，這個……他當大家的情人……被許多女性圍繞的樣子，看在我眼裡……沒錯，才最吸引人。」

或許是因為維達的發言，增幅了心中不痛快的感覺，她說出來的話像是拼貼起來的，缺乏一貫的想法。

維達似乎看穿了她的這種心思，揚起嘴角，遞出右手的小瓶子。

「不過，不管怎麼說啦，妳拿著這個都不會吃虧，不是嗎？」

該不該收下呢？

腦子裡有著這樣的猶豫。

但身體做出了老實的反應。

不知不覺間，吉妮的左手就像被吸過去似的，伸向了小瓶子……

迷魂藥已經納入手中。

「沒錯，這樣就對了。」

維達笑瞇瞇的，露出像是童話中登場的巫婆會有的笑容——

「好～～～！前置作業結束啦！接下來就是講解規則的時間！」

「啥？講解規則？」

「正～是！我交給妳的迷魂藥，可不是只要喝下去就會生效的那種無聊東西！要讓對方迷上妳，是有規則的！我只說一次，妳要好～好聽！」

「咦，啊，好的。」

維達所說的迷魂藥規則如下：

**「前提項目」**

**第一！**

**首先自己必須喝下一半的量！**

**第二！**

**喝下後十二小時內，必須讓對象做出三種「基本行動」當中的一種！**

**第三！**

**每達成一種基本行動，就贈送一分！**

**取得三分時，迷魂藥的效果就會發動！**

**唯基本行動No．3是唯一例外！詳情請見下個項目！**

**「基本行動」**

**NO．1**

**讓對方說出「喜歡」或是含有「喜歡」的字眼。**

**即使不含「喜歡」的字意也算數！**

**NO．2**

**和對象「親吻」！**

**NO．3**

**讓對象直接喝下迷魂藥！**

**一旦達成這項基本行動，一次就贈送三分！**

「就請掌握以上規則，堂堂正正、基於運動家精神，來一場不留遺憾的戀愛大戰吧！那麼，我就先失陪了！」

她舉起右手的瞬間，吉妮的意識迅速遠去。

想來再過不了三秒鐘，就會醒來。

她才剛想到這裡。

「啊！糟糕！我忘了說！三種基本行動裡頭還有隱藏規則——」

這句話聽到一半。

吉妮的意識已經完全斷絕。

◇◆◇

「唔……嗯嗯……」

吉妮皺起眉頭，低喃了幾聲。

慢慢睜開眼睛一看，這裡不是那奇特的森林，而是分配到的三人房。

「是惡夢一場嗎……？一定是吧……不然，這個世界的維達大人，怎麼可能會知道我的心意……」

她才自言自語到一半。

卻覺得手中握有異物。

她戰戰兢兢地將手從棉被中抽出來一看……

「這是……」

吉妮的手中，握著維達在夢裡交給她的小瓶子。

黑暗中，裝在瓶子裡那無色透明的液體在搖動。

「……我……」

細小的聲音，消融在室內的黑暗中。

不知不覺間，她已經在反芻維達對她說過的話。

妳的扭曲正逐漸得到消解。

妳不就是想成為亞德心中的第一嗎？

……維達說中了。

自從認識他以來，經歷了許多令她難以置信的事，讓吉妮身心兩方面都漸漸有了改變。

那個懦弱又消極的自己，已經不存在了。

正因如此，現在吉妮內心深處是這麼想的。

希望他轉頭看我。

希望他只看著我。

周圍有任何人事物都無所謂，只要自己是他的第一。

「……只要有這藥，願望就能實現。」

吉妮看著小小的瓶子，吞了口口水。

然後——

「……可是，我絕對不用這個。」

這句話裡，有著堅定的決心。

只要用了迷魂藥，相信能夠極其簡單地奪走他的心。然而，吉妮並非軟弱到會困在這種怠惰的想法裡。

何況她的自尊心，本來就不容許她如此。

對於意中人，要以自己的魅力拿下。

這是魅魔族整個種族共通的一種自我認同。

「對維達大人是有點過意不去，但我要放棄這個。」

吉妮起身，想去丟掉迷魂藥。

就在下一瞬間。

「嗯……嗯嗯……」

睡在鄰床的伊莉娜低喃幾聲，慢慢睜開了眼睛。

她蠕動了一會兒後，也坐起了身。

想必是要去洗手間吧。

吉妮這麼想，對伊莉娜並未懷抱多少興趣，然而……

「咦？妳……這小瓶子。」

「喔，這只是──」

就在她想隨便找個藉口敷衍過去之際。

吉妮的眼睛捕捉到了一個物體。

昏暗的光線中。

伊莉娜的手邊，有東西閃爍光芒。

錯不了，那是──

就是裝了迷魂藥的小瓶子。

「伊……伊莉娜小姐……！妳……妳這瓶子是……！」

「……看樣子，夢見維達大人的，不是只有我一個啊。」

之後兩人各自反覆深呼吸，接受現狀後，在自己床上與對方面對面坐下。

兩人都握緊了瓶子，露出不解的表情。

沉默在兩人之間維持了一會兒……最終，伊莉娜戰戰兢兢地開口：

「這個，要怎麼辦？」

吉妮嘆了一口氣，說出了自己的想法。

「我……會放棄這個。」

「這樣啊。」

「這是當然的吧。用這種東西讓他喜歡上自己，也會不痛快吧？」

「是啊。」

「還是會希望能用正攻法，讓自己喜歡的人回頭看自己。妳不這麼覺得嗎？」

「是啊，妳說得對。」

「靠這種藥去搶下對方的心，是卑鄙小人做的事。」

「妳說得對極了，根本沒辦法反駁。」

「所以伊莉娜小姐，我們現在就一起去把這藥給丟掉吧。」

「嗯，我不要。」

……………………

…………

……她剛剛說了什麼？

「請……請問，是我聽錯了嗎？」

「聽錯什麼？」

「沒有……就是剛剛妳說……不要？」

「嗯，我說了啊？」

「咦？」

「咦？」

「……我整理一下。我不打算動用迷魂藥。因為這是卑鄙小人做的事。而妳也這麼覺得……到這裡都沒有錯吧？」

「嗯。」

「既然這樣……該做什麼，妳應該明白吧？這迷魂藥，我們不……」

「妳不用是妳的自由，但不要逼我跟著不用。」

「……不，話不是這麼說。妳剛剛贊同了吧？妳也同意用迷魂藥是卑鄙的事情吧？」

「嗯。」

「既然這樣，照常理說該怎麼做？」

「是該丟掉吧。」

「妳明明就知道嘛！那我們就去丟掉吧！」

「我不要。」

「為什麼！」

「哪有為什麼，只要用了這個，亞德不就會只看我一個了嗎？既然這樣，不就高枕無憂了？就算妳花招百出，亞德都不會再把妳當一回事，我也不用再對妳生氣。這樣不是一切都很完美嗎？」

「……不，等等，請妳等一下。」

吉妮愈講愈頭痛。

她按住太陽穴，勉強開口：

「妳都沒有自尊心嗎？心都不會痛嗎？妳知道這是卑鄙的行為吧？那請問妳為什麼要用藥？」

「可是？」

「當然會啦。我自尊心會受傷，心也會痛。如果可以，我不想用這種東西。可是……」

聽吉妮複誦完，伊莉娜「呼～～」地呼出一口氣。

她露出好戰的笑容，說道：

「如果用了這個就能毀了妳的計畫，自尊心這種東西不如拿去餵狗。」

聽了這番挑釁的發言，吉妮的臉頰無意識地抽搐起來。

……啊啊，沒錯。我都忘了。

我們是處在這樣的關係。

平常並不會特別合不來，然而……

我們在決定性的環節上，絕對無法互相了解。

除非在和亞德有關的問題上做出了結，否則這種關係應該就不會改變。

也就是說——

「我說啊，吉妮，我不知道妳怎麼看我，可是我的意見是——」

「喔呵呵呵，請不要全都說出來。因為我一定也是一樣的想法。」

兩者都露出利牙似的笑了。

彼此心中的想法都一樣。

——這傢伙，是敵人！

「伊莉娜小姐，我啊，一直很討厭妳。畢竟妳……不管什麼時候，都是他心中的第一。妳總是一副跩樣，處在我想待的立場上。」

「啊啊，是嗎？我啊，也很討厭妳。每次每次都要介入我和亞德之間，真的是要說多煩就有多煩。」

哼哼哼哼哼。

呵呵呵呵呵。

兩人一邊相視而笑，一邊卻又恨不得用視線射殺彼此似的互瞪。

「我會把妳踢下去的，伊莉娜小姐。」

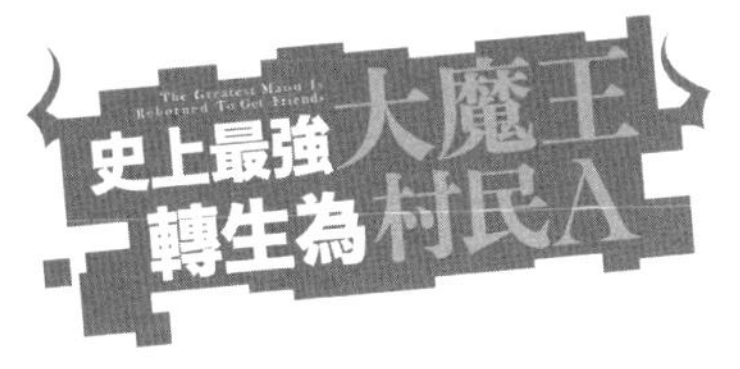

「我會打垮妳的，吉妮。」

於是——

由墜入情網的少女們，所展開的一場以血洗血的鬥爭，就這麼揭開了序幕——

早晨。

當學生們醒來，旅館裡開始充滿喧囂聲。

吉妮與伊莉娜兩人，同時將迷魂藥含入口中。

當她們喝下一半的量，這一瞬間——

【GAME START!】

腦海中浮現出這樣的字串。

「接下來十二小時，不要留下遺憾。」

「不用妳說，我也會卯足全力抗戰。」

最後會掌握住勝利的——是我。

兩者都換上了像是將軍面對戰場似的表情。

接下來兩人把席爾菲轟起來，並肩前往餐廳。

寬廣的室內已經有著幾名學生——

「早啊！亞德！」

伊莉娜看見他身影的瞬間，已經跑了過去。

模樣就像因主人回家而歡喜的幼犬。

「早安，伊莉娜小姐。今天妳心情也很好呢。」

「嗯！因為亞德在我身邊啊！」

伊莉娜以太陽般燦爛的笑容，摟住他的手臂……把豐滿的胸部壓在他手上。

夾住亞德手臂的胸部，柔軟地變形。

就像是故意要向吉妮示威。

（換做是平常，我也會不認輸地勾起亞德的手臂，賣弄性感……）

（可是，現在不是這個時候。）

(伊莉娜小姐，就現況而言，妳的這一步棋下得很差。)

吉妮刻意維持在和亞德他們保持一點距離的位置。

她一邊維持這樣的位置，一邊點了早餐，將放著飯菜的托盤端到桌上。

餐桌上，伊莉娜仍然緊緊黏著亞德不放。

「亞德，我可以坐你旁邊嗎？」

「好的，當然可以。」

「太棒啦！謝謝你！」

伊莉娜將托盤放到桌上，坐在近得肩膀幾乎都要貼在一起的距離。

她一邊這麼做……一邊朝吉妮瞥了一眼，嗤之以鼻。

(遠比平常黏得更緊。)

(這想必是挑釁吧。)

(實在是愚不可及。)

(才一開盤，就一再下錯棋。)

吉妮也和席爾菲一樣，走到亞德對面坐下。

「……吉妮同學，妳怎麼了嗎？」

「為什麼這麼問？」

「沒有，這個，換做是平常……」

他多半是懷疑為什麼吉妮並未坐在他身旁吧。

對於狐疑的他，吉妮笑眯眯地回答：

「是啊，今天的我，覺得『這裡才好』。這個位置，非常好。」

因為無論遇上什麼樣的事態，都能夠對應。

如果只考慮進攻，多半應該貼緊亞德。

無論是要讓他說出「喜歡」兩字，還是要親吻，要讓他喝藥，距離近都比較有利。

然而……比賽不是只看進攻。防守也非常重要。

想到這裡，吉妮的位置才是最好的。

維持適當的距離，隨時可以掌握對手的情形。一旦有可疑的言行，都能隨時對應，而且也並非不可能轉守為攻。

缺點就是和對象的距離拉開，很難親吻，然而——

這也是策略的一環。

（第一步就先專注於基本行動No．1……讓他說出喜歡。）

（只要對方大意，以為我從一開始就放棄親吻，到時候就可以展開奇襲，向亞德親下去。）

（這個距離的確不容易親到，但只要花些心思，總會有辦法。）

（重要的是進攻與防守的平衡。）

就這一點來看，伊莉娜的位置是最差的。

由於待在極近距離，進攻上很完美，但由於位置問題，己方能夠將對方的動作全數封殺。

不管怎麼想搶攻，如果能得分的行動全都被毀掉，那就沒有意義了。

（無聊的挑釁會讓妳付出慘痛代價的，伊莉娜小姐。）

吉妮得意一笑。

也不知道是不是對她的這種模樣有所感。

伊莉娜立刻展開了攻勢。

「啊！亞德！你看那個！」

「咦？怎麼了呢？」

伊莉娜趁亞德看旁邊時，從胸口拿出了裝有藥水的小瓶子。

她以行雲流水的動作打開蓋子，就要灑向亞德身前的菜盤。

基本行動Ｎｏ．３……這是企圖一擊必殺的行動。

吉妮自然不會放過。

「哎呀，有蒼蠅在飛呢。」

她微笑著拿起餐刀──

毫不猶豫地擲向伊莉娜手邊。

「唔！」

伊莉娜反射性地抽身閃避，沒能把藥水摻進飯菜裡。

被躲過的餐刀，飛過坐在後頭的學生們之間，插在牆上嗡嗡顫動。這情形讓幾個學生臉色蒼白，但吉妮不放在心上。

「……？伊莉娜小姐，請問，妳說的那個是什麼呢？……伊莉娜小姐？妳在聽嗎？伊莉娜小姐？」

伊莉娜無視於亞德發問，瞪著吉妮。

「呵呵呵，相信她一定是看到了什麼奇怪的幻覺吧？畢竟席爾菲小姐打呼實在太大聲，伊莉娜小姐昨晚似乎完全睡不著。」

「咦咦！我……我那麼吵嗎？」

場上的氣氛依然和樂融融。

但吉妮與伊莉娜之間，激盪著劇烈的鬥志。

……之後，伊莉娜為了讓亞德直接喝下藥水而展開各種小動作，吉妮則設法阻止，這種單調的戰況持續了許久。

這樣的狀況過了第八回合後，伊莉娜似乎總算看出想一擊必殺有其困難，改變了策略。

「亞德亞德！昨天事情真的鬧得好大呢！」

「是啊。畢竟世界差點就要滅亡了……」

「可是，靠著亞德的活躍，都順利解決了！當時亞德也好帥氣喔！你把治癒伊莉娜痛打一頓時的台詞，帥到讓我起雞皮疙瘩了！亞德，把那句台詞再說給我聽一遍嘛！」

「咦？……我說了什麼嗎？」

「你忘記了喔～就是你看著對方的腳說的啊。」

「腳下空隙很多？」

「不對，不是這句！就是由**S**開始的字眼！」

「S？啊啊，對喔，就是妳不夠**S**——」

「不夠**嚴以律己**（stoic）。記得你是這麼說的吧？」

吉妮搶話的瞬間，伊莉娜整張臉往桌上撞去。

「伊……伊莉娜小姐？」

「……我沒事。」

看她瞪著自己，吉妮一臉滿不在乎。

先前吉妮所說的話是錯的。

正確答案是「**破綻**（suki）太多了」。

（看樣子，她轉換方針，改打行動了呢。）

（可是，沒用的。）

（我一有機會就會反制。）

接著一場言語的戰爭開打了。

「亞德亞德！雖然講這個還早了點，但是寒假我們要怎麼過呢？」

「也對。我想回家鄉幾天，享受一下闊別許久的鄉村生活。」

「記得兩位的故鄉，都是不遠處就有山。」

「是啊，我經常在山上打獵。」

「如果是這樣……兩位玩些冬天的節目如何呢？」

「冬天的節目？既然是山上……例如S……」

「嘩啦啦啦啦啊啊啊啊啊啊啊啊啊！」

伊莉娜突然大叫，「不知為何地撲到亞德身上」阻止他說下去。

「妳……妳怎麼了？」

「……沒有，覺得好像下了起來。」

「下起來？下了什麼？」

吉妮看著他們兩人對話，暗自竊笑。

（妳的意圖太明顯嘍，伊莉娜小姐。）

（妳一定是想讓他說出**滑雪**（ski）吧？）

吉妮看穿這點，搶走了她的計畫。

儘管結果失敗——

但在這場以行動一為中心的比賽中，這一下可說針對到了本質。

（呵呵，伊莉娜小姐，妳不明白行動一相關的攻防。）

（要達成行動一，最重要的是彼此間判讀心思的本事。）

（雙方判讀對方想讓對象說什麼話，然後如何出其不意地搶先。）

（這會考驗推理能力與即興能力。我們比的就是這樣的比賽啊。）

（就是一場要設法不讓對方看出自己的目的，利用對方提出的話題，讓對象說出對手想都沒想到的一句「包含SuKi在內的話」。我們進行的就是這樣的鬥智。）

（這實實在在……是我拿手的領域。）

吉妮嘴角上揚，使出了下一招。

「說到這個，亞德是不是已經聽說了？那個演員的消息。」

「啊啊，雷巴克的……」

「沒錯沒錯，真的嚇了我一跳～～真沒想到那麼有名的舞台劇演員，會做出那種事來。」

吉妮提起這個話題的瞬間，伊莉娜的臉上有了變化。

那是一種讓人很容易看懂的表情。她是在內心大笑，以為看穿了己方的伎倆。

「哎呀～真的是嚇了一跳耶～真的萬萬沒想到，會有這樣的～？S？S？」

「是啊，萬萬沒想到的S……」

「醜聞(Scandal)是吧！」

「……席爾菲，晚點我要打妳屁股。」

「為什麼！」

「別說這個了。好可惜喔～雖然他身為一個人是不太好，但他的演技真的很棒耶～」

「是啊。真的好令人遺憾。他身為演員的S——」

「嗚波啊啊啊啊啊啊啊啊啊啊啊啊啊！」

伊莉娜像隻野生動物似的撲向亞德。

這個用上全身的行動，讓他的發言說到一半就停住。

「妳……妳怎麼了，伊莉娜小姐？」

「……我有點……這個，就是那個啊，因為看到野生的嗚波啊啊啊啊，讓我嚇了一跳。」

「什麼是野生的嗚波啊啊啊啊？」

亞德一臉狐疑，伊莉娜冷汗直流。

吉妮一臉悠哉地看著他們的這種互動。

（哎呀哎呀，就差那麼一點了耶。）

（作為演員的Skill很出色……妳在他說出這句話前，就搶先打斷了呢。）

（只是話說回來，先前的行動，無疑是出自野性的直覺。）

（並不是看穿了我的手法。她慌張的模樣就是最好的證明。）

（只要繼續想辦法讓亞德說出她意料之外的字眼……）

（遲早她會反應不過來。）

（我要先確實拿下一分……！）

吉妮就如自己內心的宣言，以巧妙的話術戲耍伊莉娜。

吉妮特意讓伊莉娜看出自己要用的招，讓她專注在這條路線上，然後在自然的對話走向中，設法讓亞德說出另一個字眼。

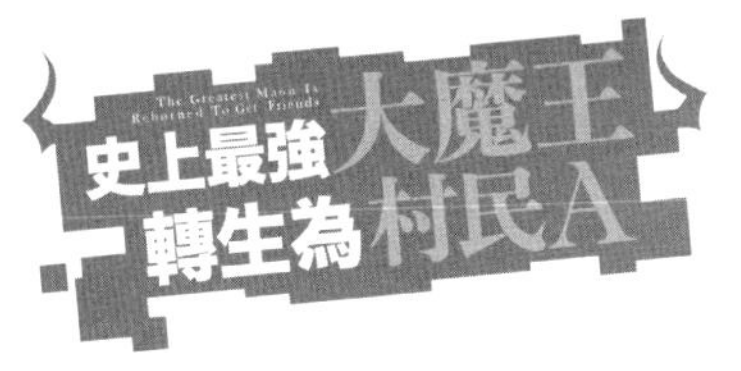

這個假動作戰法讓伊莉娜打得很辛苦……

「托帕啊啊啊啊啊啊啊啊啊！」

「等等，到……到極限了！我肘關節到極限了啊，伊莉娜小姐！」

還順便因為伊莉娜的反應，讓亞德也很痛苦。

狀況完全照著吉妮的步調走。

只要繼續進行下去，想必可以拿到分數。

吉妮懷著確信不斷進攻……

漸漸地——

「嘿～～！」

「好燙！湯好燙！」

伊莉娜的行動也——

「嘿咻！」

「嘎啊啊啊啊啊！派……派弄到眼睛啦啊啊啊啊啊啊啊啊啊啊啊！」

愈演愈烈。

對亞德而言，實在是飛來橫禍。

（不過，她還真能撐。）

（比我意料中還撐得更久……）

是不是還需要多花點心思呢？

吉妮正想到這裡，伊莉娜已經去掉先前砸在亞德臉上的派，用手帕一直擦著他的臉。

「嗯，擦乾淨了。對不起喔，亞德。」

伊莉娜道歉之餘，「莫名」抱住他不放。

「哪……哪裡，我沒事……只是話說回來，伊莉娜小姐，妳今天……這個，還挺……」

這一瞬間

電流竄過吉妮全身——

流動的時間，彷彿被拉到無限久遠，接著——

她腦海中浮現出一個句子。

**「親密接觸（Skinship）過剩啊。」**

……糟了！

吉妮瞪大眼睛，看著伊莉娜。

而她也看了吉妮一眼——

嘴角一揚。

簡直像在說一切都按照她的計畫。

看到她的表情，讓吉妮自覺到自己的愚昧。

（上……上當了！）

（不管第一招的行動三悉數被我完封！）

（還是主打行動一被我戲耍！）

（全都是演出來的！）

（伊莉娜小姐佯裝愚昧，藏起了真正的殺招！）

這殺招就是對亞德過剩的身體接觸。

從開頭就一直持續進行的這種接觸，起初吉妮以為只是挑釁，想都沒想過可能是故意安排的。

為什麼？

因為吉妮認定伊莉娜是個不如自己的低智商女。

因此，她絲毫沒想到對方會使出這種頭腦戰。

「呵呵。」

伊莉娜瞇起眼睛，加深笑意。視線雄辯般訴說著她的心理。

『俗話不是說，驕兵必敗嗎？』

『又或者說，窮鼠齧貓？』

『以頭腦來說，的確妳就是貓，我是老鼠。』

『可是啊，一旦陷入絕境，老鼠也會拚命動腦的。』

『妳看不出這點。因為妳心中的傲慢蒙蔽了妳。』

『而現在，妳的傲慢——』

『會為我送來分數！』

看到她充滿確信的眼神，吉妮表情一歪。

不妙。

亞德已經開口，動起舌頭。

說什麼都來不及阻撓。

會輸。會被搶到分數。

一分。

但那是極為重要的一分。

一旦錯失這一分，吉妮就必須承認。

承認伊莉娜的一切都在自己之上。

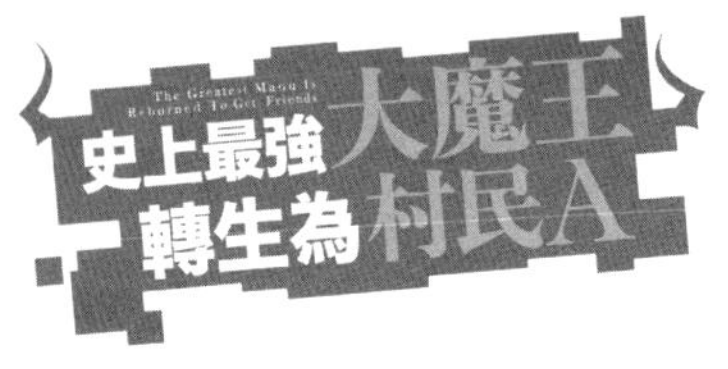

一旦承認這點，就沒戲唱了。

她的精神將會崩潰，運勢會靠到對方那邊去。

「該怎麼說呢？」

不要說。不要說了。

別說。別說下去。

不行了。

不行不行不行不行不行不行不行不行不行不行不行不行不行不行不行不行不行不行不行不行不行不行不行不行不行不行不行不行不行不行不行不行不行不行不行不行不行不行……

「相當『積極』呢。」

…………………

……………

…………

……

一陣很漫長很漫長，漫長得像是永恆的沉默。

最後——

「啊啊，夠了！」

伊莉娜似乎最先接受了現實，眼眶含淚地拍桌子。

「伊……伊莉娜小姐，妳怎麼了？我……我說了什麼，不對的話嗎……？」

看著伊莉娜連連拍桌懊惱，吉妮這才掌握住現狀——

「呵……呵呵……呵呵呵呵，正……正義必勝……！」

連她自己也不知道為什麼說出這樣的話來。

然而，總之，現在就儘管高興吧。

她不經意地拿起湯匙，舀了一匙湯送進嘴裡。

「啊啊，好好喝……！非常好喝……！亞德要不要也喝喝看？還有……伊莉娜小姐也順便。不過伊莉娜小姐喝起來，滋味大概和我相反吧？」

吉妮煞有深意地不張嘴笑了幾聲，伊莉娜「唔唔唔唔……！」地咬緊下唇。這不折不扣是敗者的苦悶。

她的圖謀徹底毀了，兩者的得分都維持在零分。

啊啊，實在令人痛快。

「這湯有這麼好喝嗎？」

亞德對自己上好的心情顯得不解，拿起了湯匙。

吉妮一邊看著他，一邊思索。

（呼～～～）

（哎呀，實在非常幸運。）

（真沒想到他會在那個時機說出「積極」這句話。）

（這場戰鬥，無論局勢還是運氣，都站在我這邊！）

（這次的過招，讓伊莉娜小姐吃了悶虧！）

（這可相當不容易振作起來——）

事情就發生在她加深了對勝利的確信時。

亞德將湯含進嘴裡的那一瞬間。

**【已確認行動達成！】**

**【伊莉娜得到一分！】**

腦海中浮現出這樣的句子。

「…………啥？」

「哎呀，怎麼了？吉妮同學？這個，吉妮同學？妳聽得見我說話嗎？喂～～～～吉妮同學～～～～？」

亞德在眼前揮手，但現在的吉妮眼中看不見他。

說她得到一分？

伊莉娜得到一分？

……這是為什麼？

「伊……伊莉娜小姐！」

吉妮發出尖銳的喊聲，看向敵方。

妳做了什麼嗎？

妳是用了我意想不到的策略，得到了分數？

吉妮一邊這麼想，一邊看向敵人的臉。

然而——

伊莉娜美麗的臉上浮現的表情，卻並非誇耀。

反而是強烈的不解。

看來連當事人自己，也不明白為什麼會變成這樣的狀態。

又或者，她是在演戲？

不，那個表情不是演出來的。

……那麼，是為什麼？

為什麼伊莉娜會得分？

眼前出現的謎團，讓吉妮困惑到了極點。

吃完早餐後，教育旅行第二天正式開始。

首先是和前一天一樣的團體行動。各個班級去逛特定的觀光地，享受在古都金士格瑞弗的時光。

巡迴的途中，吉妮與伊莉娜的戰鬥仍在持續。

然而兩者都並未發起什麼行動，與早晨大不相同，始終維持低調的較勁。

無論吉妮還是伊莉娜，都在埋頭思索。

最後團體行動結束，進入第二天的小組活動階段。

時刻將近中午。

剩下的時間不到六小時。

就在這樣的時候。

「啊，大家不好意思，我有點雜事要辦，所以要單獨行動。」

席爾菲急急忙忙跑走，離開了小組。

換做是平時，大家會對她這樣的行動感到好奇，但現在根本沒有心思去管。

現在，最重要的是——

早上發生的事情背後的真相。

「那麼兩位，今天我們要去哪裡呢？」

「就交給亞德決定～」

「亞德想去的地方，就是我想去的地方！」

表面上兩人一如往常，但行動卻和平常不一樣。

吉妮走在亞德身後，維持三步遠的距離。

伊莉娜也是一樣。她不像早上那樣緊緊黏著亞德，反而注視吉妮，像是要牽制她。

「兩位，這個，我並不是想要求兩位靠近，不過……這樣的距離感會不會遠了點？和平常相比。」

「不要緊～」

「嗯，不要緊。」

「……不，我搞不太懂什麼事情不要緊。」

就連亞德說的話，現在的她們兩人也聽不進去。

兩者都正忙著思索。

（迷魂藥的效果……這樣有點長，就簡稱H效果吧。）

（要讓H效果發動，至少必須進行三種基本行動之中的一種。）

（行動一，讓對象說出喜歡。）

（行動二，和對象親吻。）

（行動三，直接讓對象喝下藥水。）

（行動一和二，需要達成條件三次。三是一擊必殺，但預備動作明顯，所以基本上百分之百曾遭到阻止。）

（……伊莉娜小姐得到分數時，並未達成任何一個條件。）

（那麼，她為什麼得到了分數？）

（那多半是……）

維達的話在吉妮腦海中甦醒。

即將從夢中醒來之際，她是這麼說的。

說各個基本行動裡，有著隱藏規則。

（伊莉娜小姐達成了這隱藏規則的條件，所以得到了分數。）

（問題在於這隱藏規則的內容。）

吉妮回想當時的狀況。

伊莉娜得到分數，是在亞德把湯含進嘴裡的那一瞬間。

（可疑的是湯，以及……湯匙。）

（正確答案，多半是後者。）

（亞德喝到湯之前，伊莉娜小姐大拍過桌子。）

（當時的震動，讓亞德的湯匙和伊莉娜小姐的湯匙對調了位置。）

（結果……亞德用了伊莉娜小姐的湯匙，導致間接接吻成立。）

（想必這就是隱藏規則。）

對此伊莉娜多半也得出了同樣的結論。她瞪過來的眼神，有了露骨的改變。

（即使發現了隱藏規則，只要對手也有了同樣的想法，就會輕易被阻止。對於間接接吻這招，是不是該當作再也沒有機會實現了呢？）

這

（……我本來以為，心理戰與爾虞我詐的鬥智，才是這場比賽的主軸。）

（實際上，本質在於創意的對抗。）

（能先發現到隱藏規則，比對方先付諸實行的一方，就能得勝。）

（心理戰與爾虞我詐，只是附加的。）

（不管怎麼說，接下來可得積極搶攻才行……！）

伊莉娜似乎也有了同樣的念頭。

在前往觀光地的路上，以及觀光到一半——這兩個時候，兩人都實施了五花八門的攻勢。

然而……

「有破綻～～～～～～～～～！」

「不對，沒有破綻～～～～～～！」

也不知道是偶然還是必然。

「哎呀，我腳滑了一下啊啊啊啊啊！這樣下去會親到亞德——」

「啊～！我手也滑了一下啊啊啊啊啊！然後還不知道為什麼，剛好在伊莉娜小姐臉上打個正著！」

「呀！」

彼此反覆想出同樣的手法，互相妨礙行動。

結果始終不知道想到的內容是否正確，只有時間不斷過去。

（這是膠著狀態啊。）

前往下一處觀光地的路途中，吉妮一邊咬著指甲，一邊沉溺在思索中。

（這場比賽，如果想不出對方意想不到的創意，基本上都一定會受到阻撓。）

（但即使能想到異想天開的點子，如果錯了，也就沒有意義。）

（……得換個想法才行啊。）

（重要的是，想法要領先對手一步。）

（要有除了一個點子以外，剩下的都拿來犧牲的大膽……！）

（只能孤注一擲了！）

吉妮一瞬間建構出方案，然後立刻開始埋下伏筆。

「啊啊，我突然頭昏眼花！」

她很露骨地宣告，接著整個人往石板路上倒去。

眼看即將碰撞到地面之際——

「吉……吉妮同學！妳還好嗎！」

亞德不及細想就有了行動，抱住了她嬌小的身軀。

剎那間，伊莉娜雙眼閃爍精光。

敢耍什麼花樣，我一定立刻破壞——她的眼神中有著這種明確的意志。

但吉妮並不畏縮，大膽地，卻又小心翼翼地行動。

「我……我不要緊的～我想應該是輕微的貧血～～」

她這句話才剛說完，臉已經挪到伊莉娜看不見的死角，用只有亞德聽得見的音量說：

「……要是我……了……還請……我……」

「咦？妳這話是怎麼說？」

「我已經恢復了～！不好意思讓你們擔心了～！」

吉妮迅速從亞德身上分開，擠出笑容。

對於先前的行動，伊莉娜似乎覺得狐疑，然而……

她大概並未看穿自己的意圖。

（伏筆已經埋下。接下來就看能不能發揮作用。）

吉妮一邊祈禱，一邊再度展開互相妨礙的對抗。

儘管多次想到新的隱藏規則，但雙方互相阻撓——

依然連一次行動都不曾執行到底。

然而，這對吉妮而言，是意料之中的情形。

（她對先前我埋下的伏筆，印象應該已經逐漸薄弱。）

（要行動就是現在……！）

吉妮下定決心，急速接近亞德。

目的是親吻。

她盯上的……不是嘴唇。

盯上的是面積更大的軀幹。

（基本行動Ｎｏ．２的規則是要親吻對象。）

（然而……並未指定要親哪裡。）

（因此，無論親到哪裡，都會達成條件。）

（這很可能就是隱藏規則……！）

然而——

正因為這個想法極為單純，可能性又很高。

「妳以為我會讓妳得逞？」

敵方想到的機率也很高。

因此伊莉娜輕而易舉地攔下了吉妮的行動。

伊莉娜施展風魔法，將接近亞德的她吹走。

這次的進攻，也被毫不留情地毀了。

沒錯——

就如吉妮所料。

「伊……伊莉娜小姐！妳……妳到底在做什麼？」

「……我感覺到了淫蕩的波動，才會忍不住。」

「淫蕩的波動是什麼東西啦！」

亞德剛吐嘈完，立刻跑來關心吉妮。

「妳……妳還好嗎？有沒有受傷？」

「……沒有，我什麼事都沒有。沒有問題。」

吉妮微笑之餘，朝亞德看了一眼……然後立刻將視線往旁一撇。

「伊莉娜小姐，妳的表情變得可真開朗呢。」

「是啊，因為我有了點小小的靈感。」

伊莉娜雙手抱胸，挺起雄偉的胸部，站得威風凜凜。

吉妮趴在地上，瞇起了眼睛。

接著——

「請問一下，這氣氛是怎麼回事？妳們兩位為什麼這樣互相注視？」

亞德一頭霧水，但兩人完全不理他。

「妳所謂小小的靈感，是怎麼說呢？」

「不好意思，可以回答我——」

「我就破例告訴妳！我啊，找到了這場比賽的必勝法！」

「呃，伊莉娜小姐，妳說的比賽是怎麼回事？」

亞德不時發問，但兩人仍然不理會。

「必勝法？」

「對啊。一直到剛剛，我都還想著跟妳一樣的念頭。覺得先讓H效果發動的一方就是贏家。」

「請問什麼是H效果？」

「可是，這個想法本身就錯了。」

「呃，聽得見我說話嗎？妳們一定聽得見我——」

「我和妳不一樣！我有兩個選擇！」

持續不被理會，讓亞德終於沮喪起來，但這對現在的她們兩人而言並不重要。

「兩個選擇？」

「沒錯！妳只有一個選擇，就是搶在我之前發動H效果！可是我卻有著維持領先到時間

結束的這個選擇！」

「……哦。這就是妳說的必勝法嗎？原來如此，如果妳把所有心力都放在阻撓我的行動，我的確會很難發動H效果。如果能夠一直妨礙我到時間結束，至少就可以達成毀掉我的圖謀這個目的……然而——」

吉妮注視著一臉得意、抬頭挺胸的伊莉娜。

然後嘻嘻笑了幾聲。

「有什麼好笑？」

「呵呵，妳完全不懂自己在說什麼。這實在好好笑……伊莉娜小姐，妳真的很愚昧。」

吉妮對在可愛的臉上露出不高興表情的伊莉娜，揚起了嘴角。

「這場比賽是妳挑起的。而這樣的妳提出逃避對決的招，還說這是什麼必勝法。這實實在在……無異於承認妳輸了。」

一聽她說完，伊莉娜的臉頰微微發紅。

看到她的表情中有了明確的怒氣，吉妮的笑意更加深了。

「伊莉娜小姐。妳處在這種膠著狀態下，內心深處覺得贏不了我。所以，妳才會選擇逃避對決。妳先挑起比賽，看到沒有勝算就轉而逃避，呵呵，妳真是個好～～沒出息的人呢。」

吉妮笑得悠哉，讓伊莉娜發紅的臉頰都抽搐變形……但她似乎勉強壓抑住了怒氣。只見伊莉娜雙手抱胸，以誇耀的表情挺直腰桿，大喊：

「不管妳怎麼說！我的勝利都不會動搖！真是遺憾啊，吉妮！妳絕對贏不了我的！啊哈哈哈哈哈哈哈！」

伊莉娜高聲大笑。

相信在她心中，是認為高下已分。

相信她已經確信自己能夠領先到最後。

「我現在就證明妳的想法錯了。」

吉妮將嘴唇歪成半月型，望向亞德。

「對不起，可以請你扶我起來嗎？」

「……無視總算解除了是吧？是這樣吧？」

沮喪的亞德雙眼恢復了光芒。

相對的，伊莉娜則露出狐疑的表情。

多半是看不出自己的意圖吧。多半是在警戒自己會做出什麼事情來吧。

然而，她的眼神裡依然充滿了自信。充滿了不管自己做出什麼樣的行動，都絕對會攔下來的自信。

可是——伊莉娜到最後都並未察覺。

「好了，亞德，請你過來吧。『就照剛剛我告訴你的那樣』。」

採取行動的不是吉妮。

採取行動的是——

亞德·梅堤歐爾。

他走向朝他招手的吉妮。

動作有如羽毛般輕盈。

踩著躍動的腳步。

沒錯，這種步行方式，實實在在就是——

「小跳步（skip）……啊！難……難道說！」

她似乎發現了，但為時已晚。

就在亞德跑到吉妮身邊的同時——

**【已確認行動達成！】**

**【吉妮得到一分！】**

如同吉妮的猜測，得到了分數。

這一瞬間，伊莉娜瞪大眼睛，雙膝一軟。

「怎……怎麼會……！怎麼會這樣……！」

「咦，伊……伊莉娜小姐，妳怎麼了？」

「喔呵呵呵。真是難看呢，伊莉娜小姐。」

「咦？原來妳不用我扶也站得起來？」

「妳……！從一開始就這麼打算……！」

「不是不是。我是在前不久才想到的。順便告訴妳，我本來也沒有把握。這完全是在賭博。」

「……妳們又要不理我了嗎？是這樣嗎？」

亞德又開始鬧彆扭，但還是不重要。

吉妮臉上透出悠哉的笑容，侃侃而談：

「不只是讓對方說出包含SuKi的字眼，還包括讓對方做出包含SuKi的行動。我猜測這很可能就是隱藏規則之一。我再說一次，在付諸實行前，我當然不知道這是不是正確答案。這

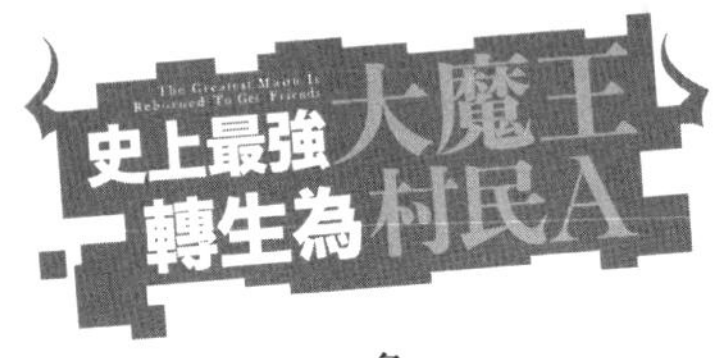


次是我剛好猜中，可是……我猜對正確答案這件事，並沒有什麼特別值得說嘴的地方。重要的是，沒錯……是我能夠把想到的行動付諸實行。妳明白這代表什麼嗎？」

對於這個問題，伊莉娜「嗚！」地悶哼一聲。

這樣的態度，讓吉妮臉上的笑意更深了。

「這場比賽，只要有一方貫徹防守，就說什麼都會進入膠著狀態……這樣的想法只是一廂情願。實際上不是這樣。只要運用智慧，就能夠超前對手。至少，妳和我之間的對決就是這樣。這次我得到的分數，就證明了這一點，同時還強調出了一個現實。那就是──」

吉妮指著敵人，斷定說：

「這場比賽不存在必勝法。妳懂嗎，伊莉娜小姐？」

聽到她這麼說，對方也無法吭聲。

這場比賽，不是只要判讀敵手的行動，就能夠徹底封堵。有時還必須判讀出身為戀愛對象的亞德會做出什麼行動。

吉妮辦得到。

但是，伊莉娜辦不到。

既然如此——

伊莉娜所提的必勝法，實實在在只是沙上樓閣。

「唔……唔唔唔……！別以為這樣就是妳贏了！剩下的時間已經不到三小時！妳的花招再也不會管用了！」

「妳真是嘴硬呢～我就告訴妳一件事吧。人啊，在放棄的時候，一切就會結束。可是只要不放棄……遲早有一天，就能夠抓住希望。」

「那麼，只要不放棄，我就不會一直被無視嗎，吉妮同學？」

「勝利的結果，要靠絕不放棄的堅定意志帶來。」

「妳說得很好聽，可是同時也在做很過分的事情耶。因為妳現在就對我很過分啊，而且是現在進行式。」

吉妮與伊莉娜對瞪。

女人的決戰，就在現在，進入了最大高潮——

古都金士格瑞弗，有著各式各樣的觀光名勝。

其中最為奇特的就是這裡……一片存在於都市內部的海。

這實實在在是古代世界的傷痕。

當時，「邪神」當中的一尊，就曾以金士格瑞弗為舞台與「魔王」交戰。這場死鬥極其劇烈，「邪神」的一擊將大陸劈成兩半。這樣的傷痕讓海水灌注進來，才形成了存在於內陸的海這種異常的地形。

海的沿岸是沙灘，夏季會湧入許多觀光客。

今天也是，大白天就有許多人為了享受夏天而湧向海邊，然而——

傍晚前的現在，先前的人潮卻像不曾存在過似的，整片沙灘變得十分幽靜。

照這樣看來，應該就不會出現傷亡。

正因如此，吉妮與伊莉娜才會選擇這裡作為舞台。

作為進行最終決戰的舞台。

「怎……怎麼樣呢，亞德？」

「嗯……嗯嗯。我想應該非常可愛。」

聽伊莉娜問起，亞德臉頰發紅地點了點頭。

「亞德，也看看我嘛。這件泳裝怎麼樣？」

「豈……豈止大膽，我想更是極為美妙。」

亞德只頻頻瞥上幾眼，無法直視。他對伊莉娜也是一樣。

她們現在穿著非常火辣的泳裝。

吉妮穿著紅色高衩泳裝，簡直只有布條。雪白的肌膚幾乎全都露了出來……柔嫩的屁股不用說，連豐滿的乳房也幾乎全都見光。

另一方面，伊莉娜也穿得非常積極。

純白的極小比基尼，只勉強遮住了非遮不可的地方。

下身穿的是同色的丁字泳褲，同樣只遮住私處，豐滿的屁股肉完全外露。

然而……

她們選擇這樣的泳裝，並不是為了吸引亞德。

「哎……哎呀，非常……這個，該怎麼說，讓人不知道眼睛該往哪兒看。」

「喔呵呵呵，既然如此。」

「我們就來玩矇眼遊戲吧！」

兩邊都晃動著外露的爆乳，接近亞德……

然後幫他矇住眼睛。

「啊啊，我知道這個，是打西瓜對吧？的確是海邊必玩的遊戲，可是……」

他們並未準備西瓜。

說來這根本也不是打西瓜。

「亞德，你就維持這個姿勢，張大嘴。」

「呃，喔。這樣嗎？」

「沒錯沒錯。然後啊，希望你摀住耳朵。」

「……請問，這是什麼遊戲？」

「別問那麼多。」

「不，這絕對很怪——」

「『別問那麼多。』」

「……真不知道該說什麼。」

亞德表情有些無奈，但仍然乖乖照做。

他在眼睛被矇住的狀態下，張大嘴並摀住耳朵。

封住了眼睛和耳朵之下，他不會知道接下來她們要做什麼。

並且四周空無一人。

「……準備都做好了呢。」

「是啊，那我們馬上開始吧。」

兩人從亞德身邊走遠，面對面站著。

身體很輕盈，很好活動，遠比穿制服更好活動。

之所以選擇火辣的泳裝，理由就在這裡。愈接近赤裸，動作就愈順暢。到了這個時候，她們希望盡可能去除任何有可能造成失敗的因素。

兩人所要展開的對決……

是名符其實的決鬥。

拋開邏輯與頭腦，採用暴力，互相毀滅。

「該怎麼說，早知道從一開始就該這麼做了。」

「是啊，這樣簡單好懂多了。」

限制時間剩下一小時。

兩者都已經得到兩分。

在這樣的狀況下，從某種角度來看，兩人都做出了很果決的選擇。

「贏得決鬥的人，可以讓亞德喝下迷魂藥。這樣可以吧？」

「好啊，我沒有異議。畢竟……這場對決，也是我占上風。」

吉妮嘴角露出挑釁的笑容。

接著——

「『鉅級熱焰術（Giga Flare）』！」

「『風暴術（Wind Storm）』！」

彼此施展的高階魔法相互衝突，相互抵銷，讓衝擊波往外擴散。

用這一招對轟起頭，一場由兩名熱戀少女所展開的死鬥，就此揭開了序幕。

「吃我這招啊啊啊啊啊啊啊！」

「妳想得美啊啊啊啊啊啊啊！」

兩者打得難分難解。

或許是對勢均力敵的戰鬥不耐煩了，兩人的話愈來愈多。

「亞德他！是我的啦啊啊啊啊啊啊啊！」

「不對！他是我的啊啊啊啊啊啊啊啊啊！」

劇烈的魔法戰。兩人互相以高階魔法對攻，在沙灘上打出一個個大洞，但戰況依然是五五波。因此……不耐煩的兩名少女所展開的舌戰，也愈來愈劇烈。

「我！說得出亞德更多優點！」

「我說得出來的比妳更多！」

兩者爭相說出心上人的優點。當數目超過一百——

「呼、呼，妳的魔力……似乎……用完了呢……」

「妳……才是……」

已經沒有魔法可用。

但那樣又如何呢？

她們不是還有著完好的手腳嗎？

「來吧，狐狸精……！」

「放馬過來啊，肌肉腦……！」

雙方同時踏步上前。

展開了一場猛烈的女性格鬥。

雖說是格鬥，但雙方都是花樣年華的少女，腦子裡沒有男生們會做的那種又踢又打的行為──

「啊噠噠噠噠！以嘔喔嘔啊～～！以惡笨蛋！」

「喔呵呵呵呵！妳嘴真能拉啊啊啊啊！」

她們時而抓住彼此的兩邊臉頰往外拉……

「臭……娘兒們！」

「唔嘎啊！」

「啊哈哈哈哈！妳像隻豬一樣～！」

時而把手指插進對方的鼻孔，讓對方變得難看。

乃是一場比小孩子打架更低等的打鬥。

然而，哪怕是最下等的打鬥，長時間打下來，自然也就會疲勞。

「呼……呼……妳也……差不多……該死心……啦……！」

「妳才該……死心……！」

兩者都已經快要撐不下去。

在這場女性格鬥中，雙方的實力仍然不相上下。

既然如此，分出勝敗的關鍵就在於精神力的強弱？

並非如此。

（差不多……是時候了吧……！）

吉妮瞪著站在眼前的伊莉娜，下定決心跨步上前。

伊莉娜已經出盡全力，滿身瘡痍……相對的，吉妮則還留有一定的餘力。

而這並非偶然。

截至目前為止，都在吉妮的盤算之中。

「嘿！」

「呀！」

吉妮往伊莉娜腳下一掃，將她掃倒在地。伊莉娜精疲力盡，沒這麼容易站起。吉妮抓住這個空檔，從乳溝取出了一個物體。

沒錯，是迷魂藥。

「妳！難……難道妳是想——！」

「就是……妳想的那樣呢～～～～～！」

她打開蓋子，然後——

耗盡剩下的所有力氣，朝亞德張大的嘴，使出渾身解數的投擲。

「等！妳……妳太卑鄙了！」

「我才不卑鄙～～～！請妳叫我策士！」

這就是吉妮的策略最後的一環。

她自稱頭腦派，自然不可能答應野蠻的決鬥。

一切都是為了欺騙伊莉娜，成功執行一擊必殺的第三行動。

「伊莉娜小姐！妳已經，沒力氣動了！因此這場比賽，是我——」

「還早啦啊啊啊啊啊啊啊啊啊啊啊啊啊啊！」

吉妮即將說出勝利宣言之際。

伊莉娜超越了極限。

也不知道她哪裡還剩下這樣的力氣，只見她整個人彈了起來，從一樣十分豐滿的乳房深

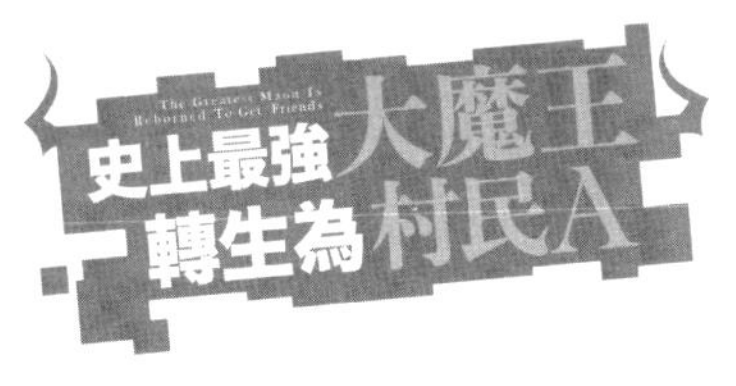

溝中取出迷魂藥，打開蓋子。

「哈！沒用的！就算妳有力氣丟！推進速度也——」

「嘿，呀啊啊啊啊啊啊啊啊啊啊啊啊啊啊啊啊啊啊啊啊啊啊！」

一聲尖銳呼喊聲中，伊莉娜放開了小瓶子。

她的動作……不是投擲。

伊莉娜使出渾身力氣，將掉到腳下的瓶子踢了出去。

「這！對……對喔……腳的力量是手的三倍……！可……可是！我的會先到！想也知道！」

「不對，我會先到！」

兩名少女將所有剩下的熱量，都用在推進小瓶子上。

「「上啊啊啊啊啊啊啊啊啊啊啊啊啊啊啊啊啊！」」

兩個小瓶子在兩人的呼喊下，破空而去——

精準地同時進了亞德的嘴。

「唔嘎！」

突然跑進來的異物，讓亞德也掩飾不住震驚。

下一瞬間，他的喉嚨咕嚕幾聲，喉節上下挪動。

「是……是誰的……？」

「誰的瓶子……先到……？」

她們吞著口水觀望。

勝負的審判終於下達。

**【雙方同時滿足行動三的條件。】**

**【因此，本次比賽判定平手！】**

**【本次比賽無效！】**

比賽無效。

也就是說……兩者都是輸家，也都是贏家了吧。

得到這樣的結果，兩人的反應是——

「呵……呵呵。」

「呵呵呵呵呵。」

「「啊哈哈哈哈哈哈哈哈哈哈！」」

也不知道是哪一邊先開始笑。

她們卯足了全力，身上哪兒都不剩下任何一絲能量。

正因如此。

奮戰到最後的兩人臉上，有了燦爛而美麗的笑容。

「吉妮。」

「伊莉娜小姐。」

兩人都戮力死戰過。

戰鬥結束後的現在，彼此間產生了一種確切的敬意。

「妳果然了不起啊。」

「承讓了，伊莉娜小姐才真的有一套。」

兩人自然而然地相互擁抱，稱讚彼此的奮戰。

「呼，總覺得，肚子餓了耶。」

「是啊。我們去攤販買點東西吃吧。」

滿天晚霞之下，兩人露出陽光的笑容，走在沙灘上。

此時此地，少女的戰鬥落幕了。

沒有輸家。然而，也沒有贏家。

就只有兩個心情舒暢的少女。

「……拜託來個人跟我解釋這個狀況。」

亞德獨自被留下，沒有人回答他的這句自言自語——

# 第三日　逗趣的席爾菲行進曲

轟隆～～～～～～～～～～～～！

——我的教育旅行裡，沒有平穩兩字。

一半是維達害的，但另一半，無疑是——

「席爾菲那個笨蛋在哪裡啊啊啊啊啊啊啊啊啊啊啊！」

沒錯，就是她害的。

第三天早上。

大家熱熱鬧鬧地吃早餐吃到一半，餐廳內的廚房爆炸了。

受害範圍極大……應該說，整間旅館都已經一塌糊塗。

被炸得破破爛爛的餐廳正中央，奧莉維亞正朝席爾菲的天靈蓋送上一拳。接著——

「妳這傢伙到底在想什麼？一個人到底是要有什麼毛病，才會想在廚房這種地方施展陷阱魔法？」

「呃，可是，因為放菜刀的地方就有寫說請小心啊。」

「那又怎麼樣？」

「……我以為是一把偽裝成菜刀的強力魔導兵器。如果這種東西被『魔族』找到，拿去作惡，事情不就很嚴重了嗎？」

「事情已經很嚴重了，就是妳害的！而且什麼叫做偽裝成菜刀的魔導兵器？連古代也沒有這種東西好不好！就算真的是魔導兵器好了，也不要在那附近裝設爆炸型的陷阱魔法！要是兵器因為熱和衝擊而失控，妳要怎麼善後！」

「……妳吐嘈好長，而且沒什麼品味。」

「啥啊！」

「咿！對……對不起。」

奧莉維亞額頭冒出青筋，席爾菲跪地磕頭。

奧莉維亞低頭看著她，不耐煩地搖動獸耳。

「受不了！都怪妳，整間旅館都亂七八糟了！就是妳害的！因為妳在廚房裝什麼陷阱！

難得的薯類料理都燒焦了！妳要怎麼賠我？這間旅館提供的薯類料理，全都是用我種的做的！妳卻把這些——」

「啊啊，難怪。」

「……喂，妳說難怪是什麼意思？」

「……對不起，我說溜嘴了。麻煩妳忘掉。」

「妳為什麼撇開視線？喂，妳說難怪是怎樣？我不會生氣，妳說來聽聽。」

「妳真的不會生氣？」

「嗯。」

「那我就說了。呼～…………難怪這裡的薯類料理有夠難吃！原來是用了妳種的，那水準會這麼低也是沒辦法啦！……我要說的就是這個意思啦。」

「哈哈哈哈哈，是嗎是嗎？哈哈哈哈哈，哈哈哈哈哈哈——我宰了妳啊啊啊啊啊啊啊啊啊啊啊啊啊啊啊啊啊啊啊啊啊啊啊啊！」

「妳明明說不會生氣的嘛啊啊啊啊啊啊啊啊啊啊！」

席爾菲拚命地跑給拿著劍亂揮的奧莉維亞追。

這兩個傢伙今天也是正常運作。

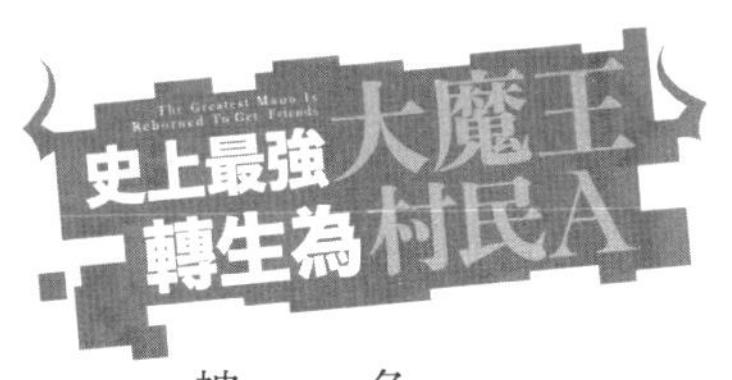


用魔法修理好旅館後，我們的教育旅行第三天也正式迎來開始。

◇◆◇

今天的整體行程，仍然沒有什麼兩樣。

一起去逛幾處名勝，進行體驗學習後，就是小組活動。

在這樣的行程裡，我們最先前往的，是位於古都金士格瑞弗的大聖堂。

自從我在幾千年前轉生後，對後世的為政者而言，「魔王」多半是個很好利用的象徵吧。他們多半就是為了煽動民眾這個目的，創造出了以「魔王」為主神的宗教。

名稱就叫做統一教。

似乎是根據我過去所做出的成績——統一全世界，才取了這個名稱。

統一教有著全世界最大的規模，但看在被當成主神的當事人眼裡，就覺得五味雜陳。

畢竟——

「『魔王』大人就是在這裡對部下們這麼說的。說要知道這些傢伙的動向，就像要在夜色裡找影子。」

不知道為什麼，我過去所說的許許多多令我無地自容的台詞，這麼正確地流傳下來，還被當成格言似的——！

從剛剛神父就一臉「『魔王』大人真的很帥氣吧？」的表情，堂堂正正地爆出一大堆令我難為情的台詞……

乾脆殺了我吧。

「『魔王』大人還站上山丘，對難民們這麼呼喊。他說：無辜的人民啊，沒有任何事物需要畏懼。為什麼？因為有我瓦爾瓦德斯在。這世上不存在超越我的恐怖——」

啊啊，夠了，別再說了。

的確，當時就是那樣啊。氣氛上就讓我覺得非說這樣的話不可，所以我也一臉得意地講著那樣的話，可是——

在冷靜的狀態下，我絕對不會說那種話。

「啊～真的會讓人想起從前啊～他很頻繁地在說這種難為情的話呢。我和莉迪姊姊就常常站在後面聽著，一起大笑。笑說他一臉正經講些什麼東西。光是想起來……噗噗，都覺得有夠好笑的啦～」

「……別這麼說他。當時他也很難為。」

「什麼事情難為？拚命想難為情的台詞？」

「不，我不是這個意思。我是說，患了青春期特有的病很難為。」

「啊，是這樣啊。當時他那種古怪的程度，的確是病得不輕。」

……由於足足有兩名知道當時情形的人在，讓我更加難為情。

有什麼辦法啊？每個人在青春期都會那樣啊。應該不是只有我。

青春期的男生，都會想裝出一副跩樣，像是把自己的眼睛叫做魔眼，或是把沒什麼大不了的魔法叫成「終極閃電術」，又或者是講什麼「從今天起我的綽號就叫做破壞者」之類的話。

還有什麼那傢伙一生氣就會不得了，或是我一生氣反而會冷靜下來呢～之類的，這些話都可以說得臉不紅氣不喘。

但為什麼只有我得這麼難堪？

我受夠了。乾脆把我這些部下過去不可告人的祕密都爆出來吧。這樣一來，神父應該就會說不下去……不對，那樣一來，等於對奧莉維亞拆穿我＝「魔王」啊。

可是——

「這時『魔王』大人是這麼說的：『哼，世界上又刻下了一道我的痕跡啊。』」

「噗哈哈哈哈哈！他有說他有說！那真的很糟糕呢！」

「另外，『魔王』大人還這麼說過：『戴這眼罩是要警惕我自己。一隻眼睛看不見，反而可以看見一些不一樣的東西。』」

「噗噗！警……警惕……警惕咧！他只是覺得很帥才戴的啦！他看到有個部下被人家叫

做獨眼龍，就說『那樣好棒啊……！從明天起我也來戴……！』」

「然後『魔王』大人說了這樣的話：『我這雙紅色的眼睛，是我所犯的罪的顏色。每當紅色增加，我的罪……還有武勳，都在繼續累積。』」

「不，他只是用魔法讓眼睛發光！莉迪姊姊也常說！說他以為那樣很帥氣嗎，這樣很難為情，最好還是別這樣！」

我已經覺得就算拆穿也無所謂了。

只要能讓神父和笨蛋(席爾菲)閉嘴，怎樣都無所謂了。

而且，這堂課是怎樣？

接觸「魔王」大人說過的話，讓人省思自我的體驗學習？

接觸到過去的我所說的那些難為情得要命的台詞，到底是能省思什麼？

不，我自己是得到了省思啦。

我充分省思到，以前的自己看在別人眼裡多麼不堪。

「這時『魔王』大人——」

「噗哈哈哈哈哈哈哈哈！沒錯沒錯，有過有過！真的有過這件事！」

「不，我什麼都還沒說。」

神父對捧腹大笑的席爾菲露出有些不悅的表情，說道：

「而且，這位同學，妳從剛剛一直在做什麼？我在描述『魔王』大人可貴的金言，妳卻在哈哈大笑。妳把我們的神祖『魔王』當什麼了？妳這樣會被打下地獄的。」

這是宗教家常有的口氣。

只不過是過去的發言被哈哈大笑一陣，就說我會因此把人打下地獄……

不過我是會猶豫一下啦，可是最終我會打消主意。就算會想把這些傢伙打下地獄，最後還是會乖乖打消主意。

……不，這種事已經不重要了。

問題是席爾菲。

想也知道，她一定會講什麼「啥？我才不知道那種傢伙的發言哪裡可貴了！」，製造無謂的糾紛。

這樣搞到最後，肯定會讓大聖堂爆炸。

為了避免這樣的情形發生，我正要開口勸誡她……然而——

「哼。我是不知道『魔王』有哪裡那麼好了。不過……也是啦，不好意思！我都道歉了，原諒我吧！」

儘管態度蠻橫。

但席爾菲卻針對我的事情道歉了。

……不，這可真是出人意料。仔細一看，連奧莉維亞也睜圓了眼睛。

「喂……喂，席爾菲，妳是發燒了嗎？」

「妳這眼神是怎樣啦？我也會為自己的錯道歉啊。」

「話是這麼說沒錯。」

奧莉維亞顯得無法釋懷，而我也是一樣。

心中不對勁的感覺讓我覺得很不乾脆，皺起了眉頭。

在大聖堂的體驗學習結束後，我們前往了下一處名勝。是競技場。

蓋成圓形的巨大賽場上，正有一群鬥士展開了熱鬥。

坐滿的觀眾席上，迸出了熱氣與歡呼。

其中也摻雜著我們這些學生的喊聲。

「好……好厲害喔，這麼熱鬧。」

「聽說從古代世界就一直是這樣呢。」

「是喔～這競技場是『魔王』大人打造的對吧？」

聽著坐在一旁的伊莉娜與吉妮之間的對話，我自然而然點了點頭。

她們說得沒錯，這座競技場，設計與建築都是出自我的手筆，是至今仍然讓民眾狂熱的一大娛樂。

當時我正在擬定一個計畫，希望能夠兼顧到對民眾徵稅、準備戰爭用的宣導，以及發掘優秀戰士等幾個事項。其中最重要的就是競技場。

由鬥士們展開劇烈的戰鬥，確實足以掀起民眾的鬥爭心，讓他們狂熱。

這點到現在也沒有兩樣。

許多觀眾大聲聲援鬥士們。伊莉娜與吉妮也愈看愈狂熱。

……相對的，我實在提不起勁。

換做是古代世界，我應該也會看這些鬥士的打鬥看得興奮，然而……生於現代的他們展開的打鬥，就是少了些刺激感。

因此，我說什麼都狂熱不起來。

……但儘管我是這樣……

「吼～～～～～～！你在磨蹭什麼啦！那種傢伙有什麼大不了的！快點，那邊！攻擊眼睛啊，眼睛！……啊啊啊啊啊啊啊啊啊啊啊啊啊啊啊！不是這樣！剛剛明明是朝他屁股全力揮下去的好時機吧！」

席爾菲吼個沒完沒了。

看樣子她非常支持特定的一個鬥士……讓我覺得非常意外。

我本來還以為她跟我一樣，會看得提不起勁。

對於古代的比賽，席爾菲也一直很愛看。然而現代的比賽與古代相比，水準低得驚人。

至少，不是這丫頭愛看的東西。

但她為什麼會看得這麼熱中呢？

還有先前在大聖堂的那次，讓我怎麼想都覺得不可思議。

「要更有侵略性啊！那種傢伙，不是你的對手——啊啊！站起來！站起來打啊！」

席爾菲尖叫似的歡呼，然而……

她的呼喊徒勞無功，她支持的鬥士沒能再站起來。

比賽結束後，席爾菲以有些鬧彆扭的表情坐了下來。

她視線所向之處，中央的鬥技場上，有一名拿著魔導式擴音器的男子跑向了勝利者。這場打鬥是上午比賽的最主要節目。這場打鬥結束後，勝利者接受訪問，露出缺了牙的笑容說：

「啊啊，這次的對手也是個實在不怎麼樣的傢伙啊！」

就不知道他說這話是因為走反派路線，還是出於本性。
他對對手絲毫不表現出尊重，甚至還一再謾罵。
因此場內充滿了噓聲。
但他對觀眾的噓聲嗤之以鼻。
「要是你們那麼不爽，我就陪你們玩玩啊！誰來都行！下來這裡！只要贏得了本大爺，這次的鬥技獎金全都給你！」
他滿臉得意的表情環視觀眾席。
相信他非常有把握，確定不會有人下去。
實際上會下去的人——
「氣～～死我了！看我去把那傢伙的鼻梁打斷！」
席爾菲滿臉通紅，從觀眾席跳了下去。
「她……她做什麼啊！」
「要……要是席爾菲小姐參戰……！」
她們兩人的擔憂成了現實。
「啊哇殺啊啊啊啊啊啊啊啊啊啊啊啊啊啊啊啊！」
「咿咿咿咿咿咿咿咿咿咿！救……救命啊啊啊啊啊啊啊啊啊！」

氣得失去理智的笨蛋拿出聖劍，放手大鬧。

一陣大打出手後，競技場垮了——

克服了這一連串的大風大浪。

我們終於迎來了自由活動的時間。

然後……

這個時候，席爾菲也做出了可疑的言行。

「呃，我想起有急事要去辦！所以今天我也要單獨行動！大家盡情去觀光吧！那我走了！」

她留下這麼幾句話，就匆匆離開。

我們一邊看著她的背影，一邊不約而同地瞇起了眼睛。

「該怎麼說呢。」

「未免——」

「太可疑了吧，最近的她。」

嚴格說來，是來到古都金士格瑞弗以後的她。

自從來到這裡，席爾菲的樣子就是很不對勁。

鬧出風波這點是沒有兩樣，然而——

在大聖堂那不像她作風的言行。

在競技場的大鬧。

以及連續兩天的單獨行動。

不只這些，她三番兩次做出奇妙的行動。

「她是不是在打什麼主意？」

「還是說，難道……她又被『魔族』洗腦了？」

「我想應該不會。可是，肯定有什麼事情瞞著我們吧？」

她那些可疑的行動背後，有著什麼樣的理由呢？我不可能不好奇。

所以——

「「「決定跟蹤！」」」

我們三人同時喊出這句話，然後匆忙開始移動。

我們從稍有距離的位置，監視席爾菲。

她踩著孩子氣的小碎步前往的地方是——

「那是孤兒院……是嗎？」

「看來……是這樣呢。」

一棟看起來很寂寥又破舊的建築物。

是零星散布在古都金士格瑞弗內的幾間孤兒院之一。

席爾菲走進這孤兒院的庭院，扣響門環。

過了一會兒，有人走了出來。

是一名身材瘦弱，年約半百的女性。多半是孤兒院院長吧。

「我又跑來啦！今天我有帶伴手禮！」

「呵呵，請進。孩子們也會很高興的。」

她走進了孤兒院內。

「怎……怎麼辦？」

「要偷偷潛入嗎？」

「不，用觀察魔法吧。」

我話一說完，立刻建構術式，灌注魔力，發動。

我們眼前出現像是一面大鏡子的物體。

上面照出了席爾菲走在院內的身影。

她先和院長一起去找孩子們。

「啊～！是席爾菲！」

「是席爾菲姊姊～！」

「啊哈哈哈哈哈！今天大家也很有精神啊！有精神是好事——啊哇！」

席爾菲被一群頑皮的孩子圍住，一陣搥打。場面讓我們有點不好判斷，到底是他們感情好，還是她被欺負。

她享受了一陣和孩子們的近距離接觸後……

「大姊姊有些事情要跟院長單獨談！你們幾個自己先玩一下！」

「知道了～！」

「妳哪裡是大姊姊，妳這洗衣板。」

「啊，剛剛說我是洗衣板的傢伙，晚點我會宰了他，給我認命吧。」

孩子們離開房間後，席爾菲和院長相對而視。

「妳說有事要談，是什麼事？」

「嗯，我剛剛也說過，我帶了伴手禮來。」

席爾菲翻找腰包，掏出了一個東西。

那是……

是她先前在競技場痛毆了那個鬥士得到的鬥技獎金。

「這些，我全都捐給這裡。」

「天啊……！這……這麼大一筆錢，是怎麼來的……？」

「我話先說在前面，這是用正當的方法賺來的。我沒做壞事。這筆錢確定是乾淨的。」

……把競技場弄得一塌糊塗，還恫嚇對手，這樣賺到的錢，能不能說是乾淨的，實在令我懷有疑問就是了。

不管怎麼說，席爾菲將裝了金幣的袋子塞給院長。

「有這些錢，暫時就不用擔心了吧？不如說餐點的品質還可以提高一點吧！」

「是……是啊。這樣真的會幫我們很大的忙，可是……席爾菲妹妹，妳這樣好嗎？」

「哪有什麼好不好，再也沒有更好的用途了！只要能看到大家的……應該說，只要能看到妳的笑容，我就會覺得很幸福了。」

「席爾菲妹妹……！謝謝妳……！」

「哼哼！我賺了錢就會再來！因為我要把這裡變成世界第一的孤兒院！」

她連連拍著流淚的院長背部……

接著席爾菲說「有事要辦」，離開了孤兒院。

席爾菲的腳步很輕盈。

但我們完全猜不出她要去哪裡。

「呃……嗯，是這裡吧。」

她忽然停下了腳步。

位在她眼前的，是一間店鋪。從招牌上所寫的名稱看來，大概是一家大眾餐館。

「是肚子餓了嗎？」

席爾菲就像在回答伊莉娜的疑問，走進了店裡。

我再度發動觀察魔法。以魔力形成的大鏡子上，照出了席爾菲的身影。

店內有著許多客人，十分熱鬧，她沒就座，而是叫了店員來。

「這位小哥！幫我叫店長來！」

「喔，請等一下。」

店員露出狐疑的表情，但仍走向廚房。

過了一會兒——

席爾菲身前，出現了一名很適合蓄鬍的紳士。

「怎麼？找我有什麼——」

「哇啊啊啊啊啊啊啊啊啊啊啊啊啊！」

她的行為正可謂荒誕不經。

席爾菲一看到店長的臉，立刻就眼淚流得像瀑布——

她撲進店長懷裡，抱住對方。

「咿嗚嗚嗚嗚嗚嗚嗚嗚嗚嗚嗚嗚嗚！」

「等！好……好難受……！脊……脊椎……！脊椎要斷了……！」

就在快要對店長造成致命傷之際。

席爾菲似乎回過神來。

「對……對不起喔，我有點激動。」

「妳一興奮就會折斷別人脊椎嗎？也太扯了吧！而且到底是怎樣？找我有什麼事？」

「呃，這個……你有沒有……什麼為難的事情？」

「喔，有啊。就是眼前的妳讓我很為難。」

「嗚。這……這我道歉。除此之外沒有嗎？」

「唉。要說除此之外，妳也看到了，就是客人滿滿的，讓我很為難。」

「……把這些人都劈了就好嗎？」

「怎麼可能！我的意思是說人手不夠！是說妳也太可怕了吧！妳腦袋到底裝什麼啊！」

「好！我知道了！我來幫你！」

店長當然持續婉拒。

但席爾菲的熱忱莫名地不消退……

店長拗不過，僱用了席爾菲，結果——

**轟隆～～～～～～～～！**

就會變成這樣。

弄到最後，店大爆炸了。

化為大堆斷垣殘壁的店裡，渾身焦黑的店長對席爾菲說了一句話。

「妳被開除了。」

這是當然會有的結果。

笨蛋離開店裡後，我先把她破壞的店恢復原狀。

店長哭著對我道謝……我反而很心虛。

之後席爾菲去到哪兒都鬧出麻煩，每次我都為了替她擦屁股而奔走。

「唉唉唉唉唉唉……該怎麼說，我已經愈來愈不想管了……」

「辛……辛苦了，亞德。」

「可……可是，你們想想！我們跟蹤她沒有白費，這可不是漸漸看出她的目的來了嗎！」

伊莉娜說得沒錯。

笨蛋——更正，是席爾菲，她所去的地方，幾乎都是在當地紮根的設施。

也就是說，她也許是想幫忙振興當地。

……這沒有什麼不對勁。對她而言，金士格瑞弗也可說是第二故鄉。會想對這樣的城市有所貢獻，並沒有什麼不可思議的。

然而……如果真是這樣，她在大聖堂還有競技場的言行，又是怎麼回事呢？

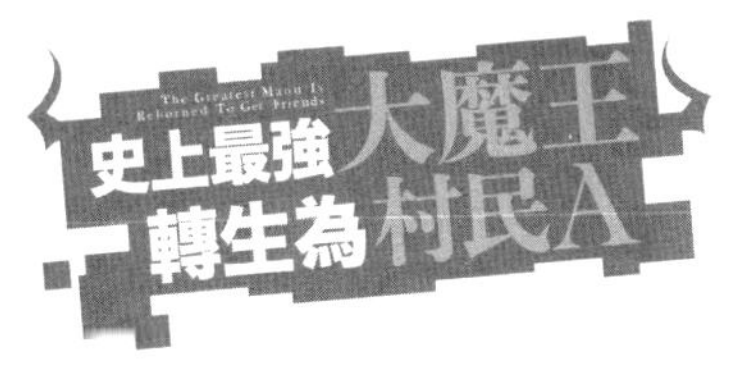


只是一時興起嗎？

我還在思索，此時席爾菲仍然持續在街上走動。

也不知道是不是肚子有點餓了，她在攤販買了大量的蜂蜜麵包。

買完之後，她前往了一個新的場所。

她進了那兒，讓我們對先前的意見產生了懷疑。

認為席爾菲瞞著我們做的事情，就是振興當地……這個想法也許並不正確。

畢竟她剛剛走進的設施——

是金士格瑞弗最大規模的監獄。

監獄的外觀令人毛骨悚然，但席爾菲豈止不遲疑——

「嚼嚼。蜂蜜麵包好好吃喔～」

還像走在自家庭院裡一樣，輕鬆地踏了進去。

我先看著她一路走進去，然後第三次發動觀察魔法。大鏡照出席爾菲的動向。

走進監獄之後，她進了一間房間。

那兒除了設有一個窗口，還排出了無數桌椅。

坐在椅子上談笑的，不是只有一般人，還包括囚犯。

看來這是會客室。

席爾菲一邊吃著蜂蜜麵包，一邊走向窗口。

「嚼嚼。丹尼爾的會客許可，批准下來了吧？」

她這麼問起，窗口的男性就面有難色地回答：

「不，還是沒有辦法。」

他這麼一說，席爾菲的表情就變得嚴肅。

「……為什麼？」

「先前我也說過，他是凶惡罪犯……幾天後就要執行死刑。我們不知道他會做出什麼事來。」

「這不成問題。不管發生什麼事，我都會負責。總之，讓我見他。」

「……既然上頭沒批准，我就不能照辦。」

「你想想辦法。」

她繼續懇求，但對方搖頭了。

席爾菲稚氣的臉上，露出苦澀的神情。

接著她拍著窗口的欄杆大喊：

「我啊！有權利見他！」

「這話怎麼說呢？」

「我是『動盪的勇者』！席爾菲．美爾海芬！我是來讓他洗心革面的！所以趕快讓我見他！」

席爾菲連連拍打欄杆，窗口的男子小聲咂嘴一聲。

他以看著難搞小孩似的眼神看著她，說道：

「……這位小姐，妳聽好了。即使萬一妳真的是席爾菲大人本人，要讓他洗心革面也絕對辦不到。」

「這種事不試試看怎麼知道！他本性一定也很善良！」

「本性善良的人，不會做出連續殺人或強姦這種事情來。就是因為他本性是個人渣，才會被判處死刑。」

「沒有這種事！我——」

「啊，夠了，好好好，總之妳的申請被駁回了。永遠駁回。小孩子可以不要太讓大人傷腦筋嗎？」

男子強行中斷話題，席爾菲仍然繼續糾纏。

但她似乎看出不管怎麼逼問，自己的意見都不會被採納。

「……我絕對……不會死心。」

她嘴上這麼說，但放棄的念頭多半已經在心中滋長。

席爾菲垂頭喪氣，離開了監獄。

席爾菲無精打彩，踩著沉重的腳步走著。

可能是她自己都覺得這樣不像自己吧，只見她忽然停下腳步，深深吸一口氣……

「啊啊啊啊啊啊啊啊啊啊啊啊啊啊啊啊啊啊啊啊啊啊啊啊啊啊啊啊！」

她仰望天空，卯足全力吶喊。

這樣似乎讓她舒坦了些。腳步恢復了活力。

之後——

席爾菲抱著先前買來的大袋蜂蜜麵包，踏進了新的地方。

那裡是貧民窟的一角。這個有著遊民群聚的地方，有著一種鬱悶的氣氛。席爾菲走進這樣的地方後，所向之處是——

「我又來看你啦，老頭！」

「……哼，真是個好事的小姐。」

是一名以白髮、白鬍鬚、白眉毛為特徵的老年男子。

這個老人不和任何人廝混，獨自坐在地上，席爾菲在他身旁坐下。

「來，老頭，我買了東西來給你吃。」

「蜂蜜麵包嗎？謝啦。」

老人接過她遞來的麵包，咬了一口。

「……我說小姐啊，妳就別再來這種地方了。」

「因為危險？」

「對啊。」

「哼哼！不要小看我了！我可是很強的！」

「看起來一點都不強啊。在我看來，妳是個手無縛雞之力的小丫頭呢……真是的，看著妳，就想到我妻子啊。我妻子她——」

「蜂蜜麵包，你要吃吧？」

「喔喔，謝啦。然後，我妻子她啊——」

「蜂蜜麵包，你要吃吧？」

「嗯，不好意思啊。呃，剛剛說到哪裡了？啊，對了。我的——」

「蜂蜜麵包，你要吃吧？」

「……我說小姐，妳根本不想讓我說話吧？」

「啊，被你發現啦？」

席爾菲吐了吐舌頭，老人聳聳肩膀，又咬了一口麵包。

「呼……已經沒幾年可活的老頭兒想講講往事，妳就聽一聽嘛。」

「我才不要。我才不想聽那些無聊的往事。相對的……如果要聊今後怎麼活，我倒是很樂意聽。」

「哼，今後要怎麼活，是吧。」

老人哼笑了幾聲，聲調中有著明顯的自嘲。

「實在是，跟妳說話都不會無聊啊。這可是我第一次有這樣的感覺。」

「……你該不會是戀童癖？」

「才不是啦，臭小鬼。跟妳聊著，就覺得很懷念啊。」

「哦～」

「不過覺得妳這樣的小鬼頭感覺很懷念，說起來也很奇妙啦。」

老人哼哼笑了幾聲後，睜開細細的眼睛，看了席爾菲一眼。

「我說小姐啊，我以前是騎士這件事，可曾和妳說過？」

「嗯。」

「這樣啊。嘿嘿，真是不想變老啊，連昨天說過的話都忘了……可是，也有一些東西是死也忘不了的。那就是……尊嚴，還有嚮往。」

「…………」

「我說小姐啊，妳說過妳是席爾菲·美爾海芬吧？」

「嗯。」

「妳還說妳是真的席爾菲·美爾海芬吧？」

「嗯。」

「既然這樣啊…………算我求妳，可以請妳當場殺了我嗎？」

席爾菲什麼都不回答。

相對的，老人則哼哼笑了幾聲。

「我啊，是嚮往聖書上的席爾菲，才當了騎士。可是……結果卻是這副德行。光鮮亮麗的騎士，現在卻是貧民窟的遊民。」

「…………」

「我說小姐啊，如果妳是真貨，就請妳體諒我的心情。我的尊嚴不容許我像這樣窮途潦倒地餓死。與其用這種死法……還不如被我嚮往的人，一劍砍死。」

對於這個請求，席爾菲的回答是：

「你白痴啊？」

她迅速站起，低頭看著老人。

「只能用來憐憫自己的尊嚴，拿去餵狗狗也不吃。你聽好了，尊嚴這種東西，是活下去才要用到的東西，不是用來尋死的東西。至少……我和莉迪姊姊是這麼覺得。」

接著她盯著老人的眼睛看，說道：

「就算髒兮兮也好，就算狼狽也好，都要掙扎到最後。掙扎掙扎再掙扎……到最後，如果還死掉……」

席爾菲的嘴唇上有了笑意。

「到時候，我會來笑你的人生。就是我──『動盪的勇者』，會笑著送你離開。」

太陽光照進貧民窟。

陽光的照耀下，席爾菲實實在在……

像個不愧「勇者」稱號的一流戰士。

「……嘿嘿，是嗎，是嗎？小姐妳會來笑著送我離開嗎？這可真不錯，這是最好的死法啊。」

「哼哼！既然知道了，就不要說這些無聊的話，給我拚命活下去啊！我偶爾會來找你玩

的！」

席爾菲一邊這麼說，一邊踏出了腳步。

她轉過身去，背向老人。

緊接著——

她稚氣的臉上有了悲傷。

她絕不回頭，朝老人小聲說了一句話。

就像個年幼的孩童在許願。

「……你可要多活幾年啊，臭老頭。」

◇◆◇

之後直到傍晚，席爾菲一直在各地繞個不停。

她去的地方五花八門。起初我們還以為她的目標是振興當地，但如今已然完全偏離了這個方向——

直到最後，我們都不明白她的意圖。

可是——

自由活動時間即將結束。

當她踏入從時間來推算，應該是最後一個去處時。

我們知道了席爾菲的真意。

那裡……是靈廟。

中央蓋了祈福碑，周圍有著無數的墓碑。

這處靈廟是我以前蓋的。

祭祀以莉迪亞為首的……「勇者」軍將士。

「……我一直想來，可是，一直沒辦法下定決心。」

席爾菲拿著花束，走向祈福碑，喃喃自語。

接著，她站在碑石前，放下花束。

「好久不見了，各位。雖然對我來說是沒過多久……不過對大家來說，已經幾千年沒見了吧。」

席爾菲臉上有著微笑。

然而……她的表情有著幾分悲戚。

「我到現在，還覺得像是一場夢。如果真的是一場夢就好了……虧我還是為了大家才跑去修行，結果一來到外面，才知道已經過了幾千年。真的，如果只是一場惡夢就好了。」

……啊啊，原來啊。

因為她一直一直那麼開朗。

我們都忽略了她背負的悲劇。

以前席爾菲離開我們，踏上修行的旅程……

沒錯，就是勇者軍在某一場大戰中分崩離析後不久。

活下來的人寥寥無幾。

然而，哪怕只有極少數，仍然確實——

有著生存者。

有著一群席爾菲由衷期盼能保護好的人。

然而……這些人，已經不在世上了。

過了幾千年的時光，他們都已經去了陰曹地府。

她的老姊「勇者」莉迪亞也——

這些人當中，只有席爾菲獨自活了下來。

始終沒能和任何人道別。

獨自一人活了下來。

「……這裡啊，對我來說，對大家來說，都像是第二故鄉。我就想到，這裡一定有大家的足跡。所以，我就去找了一下看看。」

沒錯。

截至目前為止她的這些奇特行徑，全都是——

「我去見了大家的子孫。雖然幾乎已經連大家的半點影子都看不出來……可是其中也有人長得一模一樣喔。」

希望能想辦法，見到以前的那些伙伴、感受他們的存在。

這就是她那些奇特行徑的真相。

……然而——

「不過，說起來理所當然啦……可是，大家都不在那兒。終究只是大家的子孫，不是你們大家。」

席爾菲嘴唇顫抖，摸著碑石，朝它說話。

「你們大家，後來都過著怎麼樣的日子呢？是怎麼過世的呢？不知道你們……還記不記得我？」

沒有任何人回答任何答案。

這個城市裡，就只剩下他們的足跡。

以前的伙伴們，已經哪兒都找不到。想見的這些人，已經哪兒都找不到。

他們已經不存在了。

「……姊姊，妳每次都說，不管是什麼樣的時候都要笑，對吧。這對我們來說，就像是一種講好的暗號。看到有人畏畏縮縮的，就會先在對方背上拍個一記再說。我們那些年來，一直都是這麼做的。可是……這裡，哪兒都找不到會在我背上拍一記的人。坦白說，這讓我……………」

她握緊拳頭，嘴唇發顫，大大的眼睛被淚水濕潤——

然而——

「我一點！都不寂寞！」

席爾菲絕不流下眼淚，反而拚命擠出笑容。

她一邊這麼做，一邊說下去。

就好像在對眼前的伙伴們挺起胸膛。

「因為也還有好幾個老朋友在！像是奧莉維亞！維達……是有點糟糕啦。阿爾瓦特和萊薩……不知道在哪裡做什麼？不過他們不重要啦！總而言之，也有老朋友在……而且我在這個時代，也交到了朋友。」

席爾菲先揉了揉眼睛，然後重新露出笑容。

「所以啊！我一點都不寂寞！雖然我不在你們那邊，你們一定很寂寞啦！可是，我還沒打算這麼早過去你們那邊！因為這個時代的朋友，一個比一個靠不住！要是沒有我在，他們根本不行！」

接著——

席爾菲仰望天空。

「你們就儘管在陰間看著我的活躍吧！我會狼狽地活到最後的最後給你們看！然後，如果我可以活到超過極限，笑著掛掉，到時候……」

她對這些伙伴笑了笑。

「到時候……希望你們笑著迎接我的死。」

席爾菲說完，閉上眼睛，開始獻上祈禱。

……看到她這樣，我們不可能還有辦法杵在原地不動。

「席爾菲……！」

我們就在伊莉娜的帶頭下，跑了過去。

因為我們想對既是朋友也是小妹的她，說些什麼。

然而——

劈里。

就在我們踏入靈廟幾步的瞬間。

我們的腳下發出怪聲——

轟隆～～～～～～～～～～～！

……大得令人神清氣爽的爆炸，襲向我們。

緊接著，席爾菲整個人彈起來似的轉過來。

「嘿嘿！你們這些『魔族』上當啦！這個地方有我來保……護……？」

哪有什麼保護不保護。

妳這笨蛋，墓園的大半都被妳炸飛啦。

我很想這麼吼，但硬忍了下來。

席爾菲則看著我們，瞪大眼睛，歪著頭問起：

「你們在做什麼？怎麼一身破爛？啊，該不會是在嘗試破爛風穿搭？如果是這樣，你們搞得很失敗啊。還得多學著點——」

「「妳少囉唆啦啊啊啊啊啊啊啊啊啊啊啊啊啊啊啊啊啊啊！」」

「啊哇哇！」

伊莉娜與吉妮同時撲向席爾菲。

她們被炸個正著，頭髮炸成了爆炸頭，拚命往笨蛋全身戳個沒完沒了。

「把剛才的氣氛還給我啊啊啊啊啊啊啊！」

「害我白白感動了！請把我的眼淚還給我！」

「妳……妳們莫名其妙啊啊啊啊啊啊啊啊啊！」

三人冒著煙鬧個不停。

靈廟以現在進行式繼續遭到破壞……

不過算了，相信這些傢伙們都會一笑置之。

我一邊嘆氣，一邊仰望天空。

我在心中對這些過往的盟友們說了。

那個笨蛋，就讓我在這邊再帶一陣子。

所以——

你們儘管笑著照看她吧。

……結果，在我胸中……

莉迪亞的靈魂脈動了。

『那丫頭還是老樣子啊。』

總覺得她笑著說了這句話。

「……是啊。」

我也露出了笑容——

# 最終日　正向良性危機

「來來來各位！大家靠過來看！馬上就要開始一場歡樂的魔法學發表會了～～！」

晴空下，古都金士格瑞弗的大廣場上，迴盪著維達開朗的說話聲。

……今天是教育旅行的最後一天，因此她一大早就唐突地跑到旅館來。

「嗨，各位！我是學者神！還記得我第一天預告的內容嗎？叫諾什麼來著的老弟要給亞德好看的舞台已經搭好了，兩小時後各位一定要到大廣場來喔！」

她單方面地說完這些話，就離開了。

我當然直接去找奧莉維亞說了。說畢竟我們有教育旅行的行程要跑，就不要理維達了。

她的回答是這樣的：

「行程改了。我們取消所有行程，只專心參加維達的發表會。」

「啥！為……為什麼？」

「哪有什麼為什麼。因為她怪歸怪，其實非常優秀啊。對學生們來說，應該會學到很多有用的東西吧。」

「不不不，要是所有學生都變成史萊姆，那該怎麼辦？這很有可能啊，一旦我們奉陪她的鬧劇！」

「……你為什麼這麼懂她？」

「咦，這……這……看一眼就會懂啊！」

「哼，即使真是這樣，我的決定也不會改變。維達的提議我接受……而且總覺得，可以看到一些有趣的東西啊？」

這傢伙……！錯不了……！

她是打算利用維達，收集我＝「魔王」的證據——！

……我說什麼也想阻止她，但無法如願。

結果我還是被迫與大家一起前往大廣場。

而我們才剛到，就看到維達與諾曼兩人歡迎我們。

「嗨，各位！歡迎你們來！我們這邊已經做好萬全準備了！」

「就讓你們見識見識，老夫得到師父的支援而完成的種種研究！」

我以苦笑回應這個指著我如此宣告的禿頭老博士。

然後挪動視線……看向他們背後的大舞台。

「我想請教一個問題。先前您所說的魔法學發表會，是要在那個舞台上進行嗎？」

「正是！為了讓民眾看到你比輸之後舔老夫鞋子的模樣！」

「……原來如此。」

這可真是棘手。不但安排了那種過度浮誇的舞台，還由前四天王親自宣傳攬客……觀眾想必會是一片人山人海。

光是現在，圍觀我們的觀眾人數就已經極多。我只是簡單目測……多半不只有一兩千人。在這麼多民眾面前發揮力量，真不知道事情會鬧得多大。

「加油喔，亞德！」

「讓你的名聲在金士格瑞弗也一樣轟動！」

對她們兩位過意不去，但我要辜負她們的期待。要是繼續出鋒頭，想也知道不會有什麼好事。沒錯，例如說……

像是奧莉維亞露出笑容、奧莉維亞露出笑容，還有奧莉維亞露出笑容。只有這種情形，我說什麼也非得阻止不可。

「嗯嗯。差不多是時候了吧。」

站在身旁的維達點點頭，朝我看了一眼。

「那麼亞德，還有……呃～……你是叫貝曼嗎？請你們兩位上舞台去！」

「老夫是諾曼啦，師父……哼哼哼哼，這一刻終於到了啊。」

「喔，我明白了。」

沒有逃避這個選項可以選。一旦這麼選擇，奧莉維亞多半就會露出笑容。

我一邊嘆氣，一邊和諾曼一起上了舞台。

民眾似乎看出表演即將開始，情緒開始沸騰。

「雖然不知道怎麼回事，不過你們兩個加油啊！」

「看長相是亞德贏翻了～！」

「雖然不知道狀況，不過我會替禿子加油的！」

大廣場籠罩在歡呼聲中。維達先確定氣氛夠熱鬧，然後上了台。

「好了好了各位～！是我啊～！今天謝謝大家過來～！」

「唔喔喔喔喔，是維達大人啊啊啊啊啊啊啊啊！」

「合法蘿莉棒透啦啊啊啊啊啊啊啊啊啊啊啊啊啊！」

「我們即將開始一場非常非常歡樂的魔法學發表會……應該說，開始一場學術發表大戰啦～～～～！」

學術發表大戰是什麼東西啦。

「規則很簡單！首先由叫諾什麼的老弟來發表魔法學的研究成果！然後，如果亞德對他的發表投降，就分出高下！也就確定亞德落敗！相反的，如果亞德提出比他更好的發表內

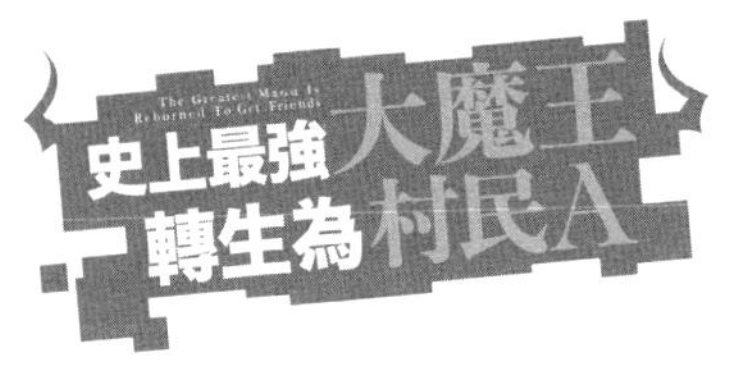

容，就是亞德勝利！我們要反覆進行這樣的過程，等到叫諾什麼的老弟認輸，比賽就宣告結束～！」

……嗯。

起初我還擔心不知道如何收拾，但看來要度過這次的危機輕而易舉。

畢竟只要在他發表完第一個主題後立刻認輸，就沒事了。

而且還要輸得非常難看。

這樣一來，相信大家對我的種種不知道在高什麼的評價，也多少會降低一些。

我認為這反而是讓我周遭環境狀況好轉的良機。

「好了！開場白就說到這裡！趕快開始吧～！」

「哼哈哈哈哈！老夫要開始啦，亞德．梅堤歐爾！」

諾曼起勁地呼喊完之後，將手掌朝向地面。

「看著吧！看看老夫諾曼博士！何以被稱為天才！」

接著——他發動了魔法。

這一瞬間，顯現出了巨大的魔法陣。

魔法陣規模極大，覆蓋住了整個大廣場一帶。

「哦？這是……」

我掌握住魔法陣的內容與術式之後，下意識地吐露了想法。

「飛行術式……是嗎？」

就在我再度喃喃說完後，緊接著——

包括我在內，所有站在場內的人都浮上了空中。

……雖然只有大約二十瑟齊高。

「唔……唔喔喔喔喔喔喔喔喔喔喔喔喔喔喔喔！」

「身……身體……離開地面了耶耶耶耶耶耶耶耶耶！」

「喂，這是……！」

「這……這不是『不可能技術』嗎！」

看到民眾的反應，諾曼揚起嘴角大喊：

「沒錯！飛行魔法在現代，被視為不可能使用的技術！但老夫諾曼博士！根據現代魔法學！重現出了『不可能技術』！」

諾曼挺胸挺得上身都往後弓起，繼續呼喊：

「雖然現在還說不上完成！但在不久的將來，人們可以自由飛天的時代將會來臨！就靠著老夫諾曼博士的頭腦！」

諾曼開始高聲大笑。

……不過坦白說，他的發表內容沒什麼大不了的。考慮到他得到維達的協助，這成果可說少了些驚喜感。

要做出超乎其上的發表，可說只是舉手之勞。

可是，我要特意宣告落敗。

就雙膝跪到地上，流著眼淚喊些「是我……輸了……！」之類的話吧。

好。我做好心理準備了。就讓你們見識見識我在校慶鍛鍊出來的演技。

我下定決心，準備體現先前揣摩的內容。

「呼，諾曼博士。」

接著，膝蓋——

就要軟倒的下一瞬間——

「你的發表是半成品，讓人看不下去。」

……奇怪？

「你……你這小子說什麼鬼話！你說老夫諾曼博士的發表內容是半成品？」

慢著慢著慢著，不要生氣。我剛才的發言一定是弄錯了。

我想這樣辯解，然而──

「是啊。你構思出來的術式連垃圾都不如。這種東西是三流人的水準。」

為什麼？為什麼我想都沒想過的念頭會從嘴裡說出來？

……啊！難……難道說！

這個舞台布景！原因就出在這裡嗎？

我滿心焦躁地看著維達。她似乎掌握到了我的心思。

只見她嘴唇一歪，滿臉甜笑地說：

「對了對了！我忘了說！這舞台布景是我親手打造的一個魔法裝置！如果有人想在這舞台上造假，就會做出相反的言行！就算想故意認輸也行不通！」

這……這傢伙～～～～～～～～～～～～！

我太大意了！在溫吞的現代環境待太久，讓我的戒心都鬆懈了！

我明明知道一牽扯到維達，再怎麼小心防範都不夠！

「亞～～～德．梅堤歐～～～～～～～～爾！你膽敢汙辱老夫這個天才是吧！說老夫的研究比垃圾還不如！說老夫是三流的～～～～～～～～～～～～～～～～！」

慢著！等一下！這是誤會！我認輸！

……我想這麼說，然而──

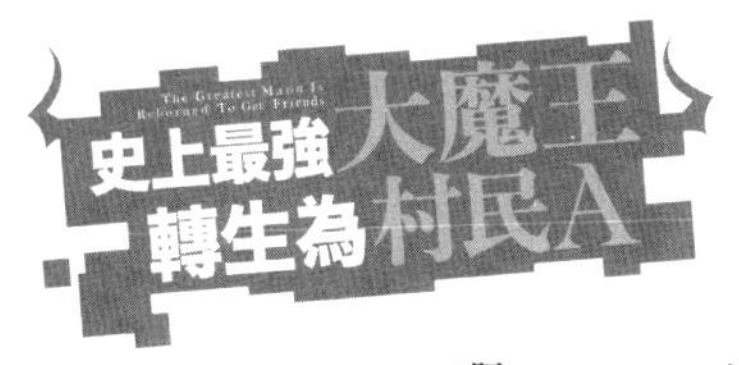


「我只是陳述事實。」

身體不聽我的使喚。

我違背我的意願，露出裝模作樣的笑容，指著諾曼說下去：

「你也知道，所謂的魔法學裡，發想、建構、實驗這三個要素就是一切。想出新的術式，以魔法言語建構出來，再透過實驗來驗證術式是否正確。也就是說，能不能寫出符合概念的完美術式，這可以說是魔法學的主旨。這樣看來，諾曼博士，你的術式有著一大堆漏洞。」

「你～～說～～什～～麼～～？這話是什麼意思～～？」

「人們可以自由在天空飛來飛去的時代。你聲稱目的在於創造出這樣的時代，發表出來的術式卻頂多只能讓人離地二十瑟齊，簡直是愚不可及。因此──」

不妙不妙不妙！別說了啊我！停下來啊我！

……啊啊啊啊啊啊啊啊！不行啦啊啊啊啊啊啊啊啊！身……身體自己動了啊啊啊啊啊啊啊啊啊啊啊啊啊啊啊啊啊啊！

「我來讓你見識見識新時代。」

……真的是糟透了。

我的身體擅自發動了魔法。

這是完完全全的飛行魔法。

我對聚集到廣場上的所有民眾施展了這個魔法——

「唔喔喔喔喔喔喔喔！飛……飛上天——啦啊啊啊啊啊啊啊啊啊啊啊！」

所有人都以超快速度消失到遠方。

我就這麼遙控大家，讓他們繞行大陸一圈後，回到這裡。

結果——

「不得了啊啊啊啊啊啊啊啊啊啊啊啊啊！」

「剛……剛剛那是怎樣？」

「太厲害了！我們變成風了！還有也變成鳥了！我們變成風和鳥了！」

回到這裡的民眾，氣氛沸騰到了最高點。

……我看著這樣的情景，說了一句話。

「呼，各位，看你們這麼吃驚，一定是以前都沒接觸過真貨吧。」

你（我）白痴嗎？

是在耍什麼帥啦。

不要把頭髮往上一撥，閉上眼睛。也不要故弄玄虛地嘆氣。你這白痴很噁心耶。

啊啊，夠了，乾脆殺了我。讓我死吧。

……我由衷這麼覺得。可是——

「別……別別別……別以為這樣就贏了啊啊啊啊啊啊啊！老夫還多得是發表內容啊啊啊啊啊啊啊啊啊啊啊啊啊啊啊啊！」

「呵呵，就憑你這種貨色，有辦法讓我佩服嗎？」

我的地獄，並未結束。

「這個怎麼樣！讓任何人都能夠進行『二重詠唱（Double Cast）』的魔導裝備……」

「我看看……來，這樣就變成可以進行到『八重詠唱（Eight Cast）』了。」

「不會吧啊啊啊啊啊啊啊啊啊啊啊啊啊！」

停……！停下來啊我……！

「嗚！既……既然這樣，這應用了治療魔法的術式怎麼樣！看！指甲肉外露的部分馬上就——」

「與其搞那種東西，讓死滅的毛囊復甦的魔法如何？來，就像這樣。」

「唔喔喔喔喔喔喔喔喔喔喔！老夫……老夫的沙漠地帶，長出新芽啦啊啊啊啊啊啊啊啊啊啊啊啊啊啊啊啊啊！」

來人……

來個人，阻止我啊……！

「可……可惡！既……既然這樣！這是返老還童的魔法！這你總超越不了了吧！」

「真受不了，對你而言，返老還童就只是法令紋變得不明顯一點而已嗎？很好，我就讓你見識見識什麼叫做真正的返老還童。」

「唔喔喔喔喔喔喔喔喔喔！這……這是怎樣！身……身體有力量！充滿了力量啊啊啊啊啊啊啊啊啊啊啊啊啊啊啊啊啊！」

「來，請照鏡子。」

「……咦，這是老夫？咦，不會吧，真的假的？年輕得不得了啊。而且……長得有夠紳士的啦！」

「我順便幫你施了整形美容的魔法。」

「你說……什麼……！」

之後。

由意識失控的我，展開了一場亂七八糟的發表會——

於是——

「老夫輸了，亞德大人。還請收老夫為徒，亞德大人。老夫會舔您的鞋子，還請收老夫

為徒，亞德大人。」

已經完全成了另一個人的諾曼，宣告認輸。

而且這幾乎不是發表會。就只是幫諾曼做了整形美容。

「嘎哈哈哈哈！亞德真有一套啊！」

維達在舞台底下，混在觀眾群裡對我發出稱讚。

「……我可以當作節目就這麼結束了嗎？」

「是吧。畢竟叫諾什麼的都輸了，你可以當作這次結束了。」

我有點撲空的感覺。照她的個性，總覺得會臨時參戰。

「好啦～～我也有點雜事要辦，就先開溜了喔～！不知道來～不來得及呢～♪實在很難說啊～♪」

她開開心心地哼著歌，踩著雀躍的腳步離開。

……怎麼回事？

接下來，一個叫做維達的惡夢，才正要大顯身手。

我滿心這麼覺得。

我在維達主辦的所謂發表大戰中，出了不該出的鋒頭，導致我必須面對奧莉維亞的笑容這個棘手的問題。

克服這個問題之後，教育旅行的行程繼續進行。

逛完本日的巡迴地之後，我們迎來了最後一次的自由活動時間。

這時間才剛開始——

「呀呼～各位同學！學者神又登場啦！」

她再度出現在我們面前。

「唉，您又要舉辦什麼怪節目了嗎？」

「沒有沒有！都最後一天了，我是想，難得你們過來，就帶你們去各個只有內行人知道的好地方！」

她看起來百分之百是出於好心，但沒有人知道實際上是不是如此。

根據我聽到的消息，不只是第一天，連第二天會鬧出那些風波，原因也是她。

第三天她什麼都沒做……但也許是為了今天而在進行什麼準備。

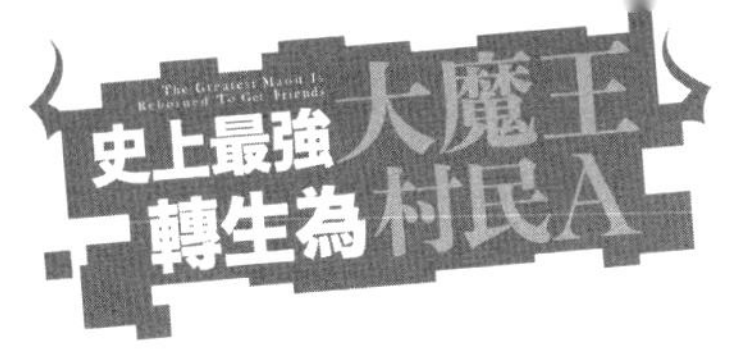

我不想再碰到更多麻煩了。伊莉娜她們似乎也有同感，對我送來的視線中，灌注了「想個委婉的理由拒絕她」的意思。

「……我們這種小人物占用維達大人的時間，實在是過分的殊榮。因此——」

「不用客氣啦！還是說，你們是怎樣？想排擠我是嗎？如果是這樣，我也有我的打算！如果你們不陪我玩，我就把你們幾個的祕密爆料給全世界知道！像是伊莉娜每天深夜醒來對亞德做的事啦！吉妮上課中做的事啦！還有席爾菲把奧莉維亞的那——」

「我……我們一起去玩吧！維達大人！」

「竟……竟然能和大名鼎鼎的維達大人走在一起！再也沒有什麼事情比這更幸福了！」

「這……這麼久沒和維達一起玩了，我也好想一起玩！」

二人臉色蒼白地靠向她。

……妳們到底是有什麼祕密啦？

尤其是伊莉娜，妳每天晚上對我做了什麼？

「亞德也不會排擠我吧？」

「……是啊。當然不會了，維達大人。」

我也會有一兩個不想被人知道的祕密。

於是——

我們被迫讓維達加入，一起度過最後一次自由活動時間——

——維達親自帶我們去逛的所謂內行人才知道的好地方，意外正常。

我們最先去的是餐飲店。

「畢竟快到中午，大家肚子也餓了吧？我帶你們去我常去的店！」

據她本人所說，這裡的蕃茄麵是不為人知的絕品。

她說得沒錯，這間店的料理確實極為美味。

「歡迎光臨，維達大人。」

「哎呀，這不是主廚嗎！今天你的蕃茄麵也棒透了！……倒是你叫什麼名字來著？」

「我叫維爾夫。」

「沒錯沒錯！是維爾夫啊，維爾夫！」

維達對菜色吃得津津有味，填飽了肚子後，帶我們去下一個地方。

是個小規模的劇場。看來是個小眾化的劇團在營運，一天之內會上演好幾齣短時間的喜劇。

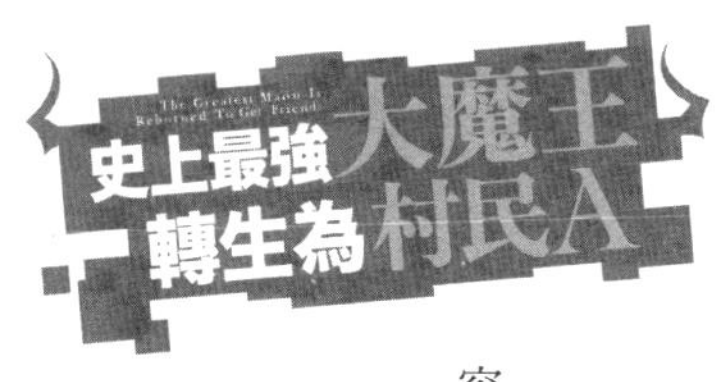

一如維達的推薦，每一齣作品都很有趣，實實在在讓我們看得連連捧腹大笑。

「這裡的舞台劇還是一樣好看啊。尤其那個演員……呃～～…………啊～～不行，還是想不起他的名字啊。」

維達這麼自言自語，臉上有著因為迷上喜劇而有的笑容。

然而，不知道是不是我多心了。

我覺得她稚氣的美麗臉孔上，有著些許的悲哀。

我們在劇場笑了大半天後，維達又帶我們去一個新的地方。

那裡不是前幾個那種內行人才知道的好地方，而是相當有名的名勝。

……也是我特意不想過去，一直說服大家別來的地方。

名稱叫做金士格瑞弗國立博物館。

有著五百年的歷史，是在全大陸都極為知名的設施……門口的牌子上記載著這樣的內容。

而這間博物館，也的確展出了許多古代世界的遺物……

據說其中又以「魔王」相關的品項最多。

……相信對這個時代的人而言，那些都是寶貴的歷史資料。

但看在當事人眼裡，就覺得不堪回首。

「這……這就是『魔王』大人用過的牙刷……！」

「『魔王』大人洗過的洗澡水……！」

「哎呀，好懷念啊，這湯匙，是『魔王』很愛用的湯匙呢。」

……我很想對蓋這間博物館的人說些話。想連說個一百天。

說你這傢伙是不是不懂隱私這個字眼。

各式各樣我用過的東西，陳列得琳瑯滿目，簡直是個惡夢般的空間。

如果是我一個人來看，那倒還好。

可是，這裡有伊莉娜和吉妮在，而且席爾菲與維達也在。

因此——

「嘎哈哈哈哈！魔……『魔王』以前有過的A書！原來那傢伙有這種興趣啊～～！笑死我啦～～！」

「魔……『魔王』大人，也會看……色色的書呢……」

「與性感魅魔族火熱的一夜……呵呵，不愧是『魔王』大人，真是好品味～～」

「這也讓我好懷念！這不是我發現的A書嗎！記得當時看到的瞬間，我真的傻眼了呢～沒想到小瓦一臉可愛樣，其實內心是個變態啊！」

……就是因為會這樣，我才討厭來這裡。

總覺得，乾脆殺了我算了。我從剛才胃就痛得受不了。

「各……各位，我們要不要去看『魔王』大人的部下留下來的東西？」

我臉頰抽搐，強拖大家走。

我們離開可惱的「魔王」區，去到下一區。

這裡展示了我的部下們所留下的許多物品。

「哎呀哎呀！這名字也真令人懷念啊！」

維達看著裝在玻璃櫃裡的展示品，雀躍地說出這句話。

「智將洛克的遺物……？呃～這個叫洛克的，是妳徒弟對吧？」

「沒錯沒錯！坦白說他是個一無可取的無能貨，不過還挺有意思的～～！」

這個人我也記得。

就如維達的評語，他很無能。

只是他很會動歪腦筋，而且最重要的是，他看人的眼光比誰都準。

他就利用自己的審美眼光、口才還有手腳快這些本事，自己什麼都不做，把事情全都推給別人，又把功勞搶走……簡單說，就是個人渣。

「咦？無能？洛克大人無能？」

「洛克大人不是人稱便利之父的天才發明家嗎？」

是哪個人這樣叫他的啦？

「你們看，這裡也展示了很多洛克大人的發明～尤其是這魔導式火爐，更是因為徹底改變了民眾的生活而有名——」

咦？

這魔導式火爐也是一樣……

這些說是他發明出來的種種東西，我總覺得有點印象……

啊。

對……對喔，以前他來找我，問過這樣的問題。

「我說陛下～我好想在歷史上留名喔～」

「……怎麼沒頭沒腦說這個？」

「最近我真的在想啊～想到陛下還有大家超級不得了。我就想，我是不是也能像陛下和大家一樣，把名字留在歷史上～所以啦，陛下，你有沒有什麼好的計畫啊～？例如說，沒錯，像是一些超厲害的發明點子之類的～」

「唉，你是白痴嗎？這種東西，就是要自己找出來才有價值——」

「哎呀呀～難不成，陛下什麼構想都沒有嗎～？啊哈～！我們的王，終究是個只有戰鬥

力可取的肌肉腦袋嗎～！這樣看來，就和莉迪亞大人一樣啊～！」

「……喂，你這傢伙給我慢著。你說我和那個混帳蠢材一樣？」

「目前在我心中就是變成這個樣子啦～不過啊～如果陛下能夠提出一大堆發明的點子，我也會好好對陛下刮目相看～」

「……也好。那我想想，就先來個魔導式火爐如何？」

「喔喔，很棒呢～！請多來一點！再來！」

「其他還有……也對，像是魔導式暖爐。」

「陛下真有一套！了不起！世界第一的發名家！果然您和莉迪亞大人就是不一樣啊！」

「哼哼，沒錯吧，沒錯吧？其他還有魔導式樓梯和魔導式印刷等等呢。」

「喔，這我要了！」

「……要了？」

「我是自言自語啦～來，繼續繼續！」

……那傢伙，直接把我的構想照抄了。

他的笑容在我腦海中浮現……那傢伙，一直到最後都沒幫上忙，卻不客氣地讓自己在歷史上留名了。

「咦？亞德，你怎麼了？看你一臉不甘心的表情。」

「……伊莉娜小姐，我以前覺得自己但求一敗，但看來我早已在不知不覺中吃了敗仗。」

我心中正五味雜陳——

「啊！這個也好懷念啊！我本來還以為不見了，沒想到展示在這裡～～！」

聽到維達開心的說話聲，我回過神來。

她在遠了點的地方歡呼，於是大家一起過去找她。

收在玻璃櫃裡的是一幅畫。

是古代維達提議，讓國內最頂尖的畫家畫的……第一幅，也是最後一幅的集合畫。

莉迪亞並肩站在我身旁，當時的一群主要成員圍繞著我們。

四天王與七文君。

以及席爾菲等多名「勇者」。

……過去那些無可取代的伙伴們，都在畫裡。

「好……好好……好懷念啊，嗚哇～～～～！」

大概是因為很久沒有看到伙伴們的臉，席爾菲眼淚噴得像瀑布一樣。

我心中也萌生了不少多愁善感的情懷。

……而且意外的是——

就連維達也以看向遠方似的表情，看著這張畫。

「那個時候很棒呢。現在回想起來……就是這時候最開心了。」

她的臉上，沒有平常那種令人心裡發毛的笑容。

維達稚氣的美麗臉孔上露出憂鬱的表情，有氣無力地說下去。

「我會投靠小瓦這邊，是因為可以盡情滿足求知的好奇心。就只是這樣。當時的我，只要能做各種實驗，就心滿意足了。當時我一直覺得，其他的事情都不重要。可是……」

維達輕輕嘆了一口氣，瞇起了眼睛。

「小瓦不在以後，我才總算發現。我滿足的不只是求知的好奇心。當時我還希望能和一群跟自己一樣的……一群被社會大眾視為怪胎的伙伴們一起玩。」

伙伴們。

我萬萬沒想到，這個字眼會從維達口中說出來。

在我心中，維達這個人，無論什麼時候都是個超級變態瘋狂科學家。

一見到面，她就會二話不說地想切開別人肚子看，還硬要別人陪她做棘手的實驗……只把別人當成實驗用的工具。

我以前一直認為，她會投靠我，終究只是為了實驗。

然而，看樣子並非如此。

「認識小瓦和其他人之前，我都只有自己一個人。可是，我不曾在意過這種事。只要一再做實驗，滿足求知的好奇心，我就心滿意足了。可是……小瓦不在以後，我忽然覺得……好寂寞。」

維達的獨白，聽在伊莉娜與吉妮耳裡，多半會不知道如何反應才好吧。兩人就只是一頭霧水地面面相覷。

相對的，聽在我和席爾菲耳裡，就覺得她的這番話實在太令人意外……

讓我們聽得一直瞪大眼睛。

「小瓦不在以後，大家就散了。奧莉維亞說事情會弄成這樣，全都是她害的，踏上流浪的旅程……萊薩也說什麼對他失望，不知道跑哪兒去了。阿爾更是誇張，畢竟他這個人的存在意義，全都放在小瓦身上。而小瓦不見了……他也就變得和廢人沒有兩樣了。其他人也都大同小異……連我自己都沒想到，我好像也成了個空殼子。」

「空殼子……？妳會這樣……？」

我自然而然問出了這個問題。

維達露出自嘲似的笑容，給了我回答：

「嗯。然後啊，我才總算發現，原來我由衷喜歡小瓦啊。畢竟他對我來說是最棒的實驗品……也是最常陪我玩的朋友。」

朋友。

維達說出這個字眼，讓我不由自主地更加瞠目結舌。

維達竟然會說這種話……

這實在令人難以置信，但她的表情十分認真。

「小瓦還在的時候，真的好開心啊。我的人生，每天每天都是那麼燦爛。因為有很多跟我一樣脫離常識的怪物（朋友）在嘛。可是……現在不一樣了。我跟以前不一樣，現在變得很難記住別人的名字。因為對我來說，不管哪個人都很平凡……我又變回孤伶伶的一個人了。」

維達的眼睛裡，有著落寞的神色。

她的模樣，就好像是……被孤獨壓垮的那個過去的我自己。

她先喘口氣，然後看著我說：

「欸，亞德，你『現在』的人生，開心嗎？」

維達露出透著悲哀的笑容，我回答說：

「是的。多虧伊莉娜小姐、吉妮同學、席爾菲同學，還有奧莉維亞大人……多虧有大家在，讓我過得很開心。」

「這樣啊。好羨慕喔。我啊，一點都不開心。原來沒有朋友的人生，會讓人這麼不開心啊……如果我能在小瓦還在的時候發現這件事，不知道結果是不是就會不太一樣。」

「維達大人，既然如此——」

連我自己都很難相信，我會做出這個選擇。

換做是過去的自己，我想我絕對不會說出這樣的話來。

可是，我由衷想對現在的維達這麼說。

問說妳要不要和我們當朋友。

然而——

就在我這句話即將出口之際。

「不過，也還好啦。」

維達的嘴上——

恢復了那種令人心裡發毛的笑。

「接下來的人生，一定會變得開心吧。」

就在她歪起的嘴唇，發出哼哼笑聲的瞬間。

唐突地，毫無預兆——

爆炸聲震盪了我們的耳朵。

「～～！剛……剛剛那是怎樣！」

「聽起來，至少不是博物館內發生的事呢。」

「我們出去看看吧！」

一般訪客還在一頭霧水，我們跟在搶先往外跑的席爾菲身後，跟著跑向博物館入口。

當我們來到大街上……立刻掌握住了狀況。

「咿咿咿咿咿咿咿咿咿咿！」

「是……是『魔族』啊啊啊啊啊啊啊啊！有『魔族』出現啦啊啊啊啊啊啊啊啊啊！」

民眾驚慌逃竄。

他們的尖叫聲裡，摻雜著破壞的聲響。

有一群人對建築物與地面施放魔法，串連起破壞的連鎖。

這些人都有著半人半獸的外表，看起來相當嚇人。

「一群已經變形的『魔族』，是嗎？還登場得真唐突。」

疑念與困惑在我心中膨脹。

這種狀況非常令人費解。

從教育旅行的第一天到現在，我隨時都以偵測魔法搜尋整個城市……但截至目前為止，並未偵測到任何一次疑似「魔族」的魔力反應。

而且，「魔族」鬧事這樣的狀況本身，就很不對勁。

根據我聽到的情形，魔族的總數已經變得極少，處在無法發動隨機大規模暴動的狀態。

因此他們把事情鬧大時，一定會有某種圖謀，然而——

我敢斷定，先前他們沒有任何可疑的動向。

「嗯，雖然有很多地方可疑……不過眼前，收拾動亂才是最優先的吧。」

我自言自語之餘，發動魔法。

配合敵方的人數，同時發動五大屬性的中階攻擊魔法。

合計六十八個魔法陣，顯現在空中或敵人的腳下——

剎那間——

雷擊、灼熱、冰柱、風刃、岩塊。

湧向這些「魔族」全身。

威力都控制在不至於致命的程度。

這是因為我有一種美學堅持，不值得取走的性命就不取。

當攻擊魔法與所有目標打個正著的瞬間。

他們全身都化為無數發光粒子消失。

「……怪了？」

「咦！這……這是什麼回事？」

「魔……『魔族』消失了，這點是不會錯啦。」

「他們先發光，然後又突然消失了！」

看到這未知的現象，我手按下巴，陷入思索。

當然了，就算是「魔族」，死時還是會留下遺骸，不會像先前那樣，化為粒子狀消失。

這莫非是……

「『人造生命！』錯不了，是『人造生命』啊！剛剛那些『魔族』！」

維達蹦蹦跳跳，說出了和我得出的答案相同的內容。

「人……『人造生命』……？」

「既然這樣，剛剛的動亂就是……」

「是那個禿子！諾曼做出來的好事！」

教育旅行第一天，他帶我們去看『人造生命』的研究過程，這件事我記憶猶新。

然而，主謀多半不是諾曼。

「他是根據混沌理論，進行『人造生命』的研究。然而剛剛那些『人造生命』，推測應該是以別的理論為基礎。這麼說是不太禮貌，不過……剛剛那些『人造生命』，我想應該只有遠超越在諾曼博士之上的人，才製造得出來。因此，我認為他是主謀的可能性很低。」

那麼主謀是誰呢？

這——

當我看向某個人物的下一瞬間。

破壞聲與尖叫聲再次傳入耳中。

……看來是整個城市都有「魔族」出現，引發動亂。

「沒有辦法。現在與其找出主謀，還是先致力於保護城市吧。」

眾人似乎都贊同，沒有一個人反駁。

「那我們馬上——」

我們立刻就要往外跑，準備去鎮壓在附近引發暴動的「魔族」，但就在此時——

轟隆隆隆隆隆——

一陣像是可怕怪物低吼似的怪聲，響徹了這一帶。

聽到這個聲音，我立刻全身冒出冷汗。

「這聲響，難道是——」

拜託一定要是我聽錯。

我一邊這麼想，一邊看向南方。

接著——

最可怕的光景映入我的雙眸。

「什麼！」

「這……這是怎麼回事……？」

「……等等，這真的太不妙了。」

伊莉娜與吉妮震驚得瞪大眼睛。

席爾菲因為能夠理解現狀，冒出大量的冷汗。

一個物體映入我們眼簾。那是——

那個正在遠方連著地基一起飛上空中的……

是我的愛城——千年堡。

「嘎哈哈哈哈！不妙啊！這真的很不妙啊！千年堡進入戰鬥型態了啦！」

「戰……戰鬥型態？」

「維……維達大人，請問這是怎麼回事？」

「嗯！千年堡是小瓦打造的最頂尖的藝術品，同時！也是最強的魔導兵器！平常都只是當成普通的城堡在運作，可是遇到城市近郊或內部發生動亂的場合，就會變形成戰鬥型態！

發揮破天荒的力量，連『邪神』都能殲滅！」

「連……連『邪神』都能殲滅……！」

「這……這種東西，要是落到『魔族』手裡……！」

「人類社會轉眼間就會滅亡吧！嘎哈哈哈哈！」

「這不是玩笑啦！」

席爾菲說得沒錯，這個狀況完全讓人笑不出來，然而——

卻也絕非令人絕望。

「如果我以前讀過的文獻正確，千年堡在轉移到戰鬥型態之際，要經過兩個階段。」

「沒錯沒錯！這應該是考慮到城堡被敵人占領的可能而設下的保險措施吧！首先是第一階段！像現在這樣，飛到上空，讓大家知道已經在進行型態變化！然後再過一定時間，才會開始變形！這就是第二階段！」

「也……也就是說，在變形到戰鬥型態之前，還有時間。」

「只要在這空檔裡潛入城堡，阻止變形，就可以了。」

「那我們得趕快過去！照這樣下去，不只是這個城市，整個世界都會不妙啊！」

「是啊。關於民眾……就交給奧莉維亞大人和騎士隊吧。我們就盡快前往城堡。」

所有人對看一眼，一齊點頭，迅速展開了行動。

我們全力飛奔，跑向魔王城。

本來我是想用空間轉移魔法，一瞬間移動到城內——

但敵方當然也準備了對策。

看來這整個城市，都張設了封堵移動類魔法的反術式，空間轉移魔法也包括在內。在這種狀況下，空間轉移魔法就不管用。

如果解析這些反術式，的確可以破解……但在分析的時候就會把時間用完了吧。

因此，我們以自己的腳前往目的地。

途中順便掃蕩「魔族」，確保民眾的安全。

然而……並沒有救到人的感覺。

因為敵方並未傷害民眾。

這狀況非常奇妙。

「人造生命」只顧著破壞建築物，對人員則不表現出積極性。

雖然偶爾會對逃竄的民眾施放魔法……但每一發都只在地上挖了洞。

這樣一來，簡直像是玩遊戲在放水。

……果然這件事，就如我所猜測嗎？

我一邊加深心中的確信，一邊和大家一起奔跑。

一路上——

許多人影飛來我們眼前。

看到這些人影的同時，我理解到這些傢伙是「人造生命」當中的一群。

原因很簡單。

「哎呀哎呀！真是一群令人懷念的熟面孔呢。」

有我已故的部下們，也有許多我親手葬送的強敵。

我不可能會看錯。

佇立在我們眼前的這些人，是古代的英雄們。

「裡……裡面有幾個我們前不久才在古代世界看過的面孔啊。」

「那位是服侍莉迪亞大人的前奴隸……！」

伊莉娜與吉妮冒著冷汗。

但席爾菲的反應不一樣。

「哼！冒牌貨終究是冒牌貨！跟真貨比起來，和小嘍囉沒兩樣啊！」

她抬頭挺胸這麼斷定。

沒錯，就如她所說，儘管形貌相同，但似乎無法連實力都重現出來。

只是話說回來，人數多到這地步，肯定會絆住我們。

這樣一來，也許就會來不及。

既然如此，這個時候就——

「亞德！還有維達！你們先走！這些傢伙由我們來解決！」

……也只能這樣了吧。

「伊莉娜小姐、吉妮同學，妳們要不要緊？」

對於我的提問，兩人都挺起大大的胸部，挺直了腰桿回答：

「那當然！這種傢伙，有我們就夠了！」

「席爾菲小姐說得沒錯，兩位請先走。如果還有第二波，維達大人，到時候亞德就麻煩您嘍！」

……看來在古代的歷練，讓她們兩人有了很大的成長。

我真的由衷覺得，她們很靠得住。

「我明白了。維達大人，我們走。」

「了～解，了～解！」

我和維達同時躍起，想從這群敵人頭上跳過。

敵方集團想將我們擊墜。

然而——

「想得美！迪米斯．阿爾奇斯！」

席爾菲召喚出聖劍，用力握緊後，立刻猛然跨上一步。

「才不會只讓妳一個人耍帥！」

「席爾菲小姐！我們來支援妳！」

伊莉娜與吉妮，對敵方集團施展火屬性攻擊魔法「大熱焰術（Mega Flare）」。

靠著她們的行動掩護，我和維達順利在敵方集團背後著地。

「各位，祝好運……！」

我掛心她們，但仍相信大家的實力，頭也不回地往前飛奔。

接下來的路途，相對安穩得多。

也沒有剛才那樣棘手的傢伙跑來——

「我們要跳了，維達大人。」

「耶～Let's入侵Time！」

飛行魔法也受到反術式影響，無法使用。

因此我們以強化身體功能的魔法來提昇肌力，全力跳躍。

我們急速接近這座高飛在蒼穹的城堡。

「失禮了。」

我話一說完，朝城門施放電擊，將城門轟得粉碎。

於是我們侵入了千年堡內部。

「我們要去的地方是城內中樞。動作要快，維達大人。」

「好忙啊。可是這樣好開心！嘎哈哈哈哈！」

我們兩人並肩在城內行進。

……這樣一起行動，就讓我覺得滿心懷念。

在古代，我也曾和她像這樣一起行動好幾次。

真沒想到在現代，也得做出一樣的事情。

……只是話說回來——

情形和當時有點不一樣。

如果我假設的內容正確，最終我們將——

就在我想到這裡時。

我們走在一條寬廣的通道上，眼前的牆壁遭到粉碎。

接著在一陣濃煙中出現的是……

「哇～喔！『勇者』小妹妹登場啦！」

隨風飛揚的白銀頭髮。

冷然的絕世美貌。

是我以前的好友……也是「勇者」。

莉迪亞的身影，就在我眼前。

「…………」

她不發一語，舉起了單手拿著的兵器。

聖劍瓦爾特．加利裘拉斯……不，是一把外觀一模一樣的仿造品。

仿莉迪亞外型的「人造生命」手持這把劍，犀利地踏步上前。

她以能將聲音甩在後頭的速度直逼而來。

對於這樣的敵手，我的反應是——

沒轍地嘆了一口氣。

安排了這場事件的主謀，是不是以為我在這種狀況下，就會展現出精神上脆弱的一面呢？

如果真是如此，那我還真是被看扁了。

「…………！」

「人造生命」將我納入劍刃可及的範圍內，高舉在頭頂的劍當頭直劈而來。

我往旁挪開一小步，躲開這有魄力的一劍後，立刻回了一招。

我朝她苗條的下巴送上一記掌底。「人造生命」產生腦震盪，在原地踉蹌。

接著我抓起她虛脫的手臂，從關節處折斷。

……啊啊，實在很弱啊。打起架來根本不像一回事。

如果是真貨，在被我折斷關節之前，就會一記頭錘撞過來了。

這玩意兒完全是只有外表相似的贗品。

「失禮了。」

我搶過從她折斷的手上掉落的劍。

「回歸塵土去吧。」

一點也不客氣或留情，斜劈一劍，將仿莉迪亞外型的「人造生命」劈成兩截。

她斃命的同時，全身化為粒子散去。

「……好了，我們繼續趕路吧。」

「嘎哈哈哈哈！亞德真有一套！老神在在耶～！」

維達開開心心、高高興興地捧腹大笑。

我和她一起在城內奔馳。

上了兩層樓、三層樓，很快地來到了最高樓。

然後往中心前進——

眼前的大門開了。

是千年堡的型態管理室。開闊的空間中，只在正中央設有狀似祭壇的裝置，除此之外空無一物。

在這極度無機質的室內……站著一名已經先到的客人。

「千年堡的變形，果然是仿造『他』而成的『人造生命』做的好事啊。」

這個靜靜看著我們的人，由我來說實在不太對……但實在太美了。

留到腰間的純白頭髮，剔透的肌膚。

讓人怎麼看都覺得是造物主一時興起而創造出來的完美美貌。

走在路上就會讓花朵綻放，直視三秒就會被過火的美貌迷得暈倒。這個人有著被如此讚譽的美貌，他就是——

仿「魔王」——也就是叫做瓦爾瓦德斯時的我——創造出來的「人造生命」。

「……根據文獻，千年堡只有「魔王」大人能夠控制。因此型態變化，也是只有『魔王』才能執行的特權。從這點來判斷，操作城堡的是仿造他而成的『人造生命』，這點的確在我意料之中……」

「看來你完全猜中了呢……那你打得贏他嗎？」

維達挑釁似的問起，我回以微笑。

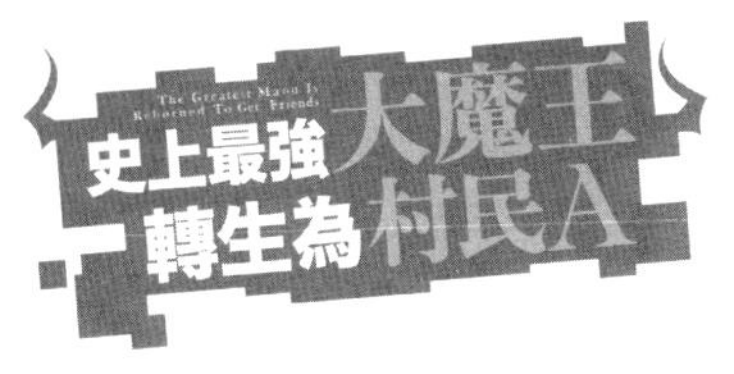


「真是個傻問題。」

我說話的當下，對方朝我伸出了右手。

隔了一瞬間後，他的手掌前方顯現出魔法陣。

紅蓮火舌翻騰，形成蛇龍的形體朝我撲來。

以現代基準而言，這個魔法多半比高階更高，屬於特級魔法。

在這個時代，是只有我父母這種大魔導士能夠施展的水準。

因此，看在現代出生的人眼裡，多半會是超水準的一擊。

「這點程度的對手，不成任何問題。」

我發動低階防禦魔法「障壁術（wall）」。

魔法陣顯現在我們面前，召喚出半透明的屏障。

巨大的牆壁，阻擋住了直撲而來的火焰巨龍。

熱焰怪物張開大嘴，劇烈撞上屏障……讓半透明的屏障出現了裂痕。

但這一撞似乎就讓它到了極限。

火焰巨龍化為紅色的粒子消散。

「接下來輪到我了吧。」

我話一說完，敵人腳下顯現出魔法陣。

如果對方是真貨，又或者是實力與真貨相近的人物，多半會一動也不動吧。因為對方會認為這一下子是很放水的攻擊，連閃躲的必要都沒有。

站在眼前的「人造生命」也完全不動。

但這不是出於強者的胸有成竹。

純粹只是對我的回敬反應不過來。

「『白之消滅（White Vanish）』。」

我唸出魔法名稱的同時，敵方腳下迸出耀眼的白光。

伴隨超高熱的這道光，就像柱子一樣直衝天際，在城堡的天花板上打出了大洞。

我不想損傷自豪的城堡，不過這點小損傷，立刻就可以修繕完畢。

接著，這道改善了城內通風的光柱，似乎將敵人全身都消滅得不留痕跡。連粒子都加以淹沒，將其存在化為烏有。

「呼。該說贗品終究只是贗品嗎？」

我小小鬆了一口氣，靠近這狀似祭壇的魔導裝置。

只要操作這個裝置，將我的愛城千年堡恢復原狀，應該就會告一段落了。

但在這之前——

還有一件事，就是我必須弄清楚心中的推測是否正確……

不。

看來「對方」已經搶先證明了這件事。

對於背後蠢蠢欲動的聲息，我聳聳肩膀說：

「主謀果然是您嗎？」

我轉過身去，叫出她的名字。

「維達大人。」

她稚氣的美麗臉孔上，還是一樣有著令人心裡發毛的笑。

黑暗色的洞在她嬌小的身軀正上方翻騰……

「我一碰到裝置，您就打算毫不留情地對我攻擊吧？」

「嘎哈哈哈哈！從頭到尾都早就被你看穿了嗎！有點不甘心！可是，更多的是高興！果然要坑就是要這樣才行！」

「……我姑且還是問過，為什麼您要做這樣的事？」

「不用說你也知道吧？可是，如果一定要說……就是因為我一直很想試試看，我這神的才能！和你破天荒的力量！哪一邊比較厲害！然後這件事！現在還在進行！」

就在她的喊聲迴盪在室內的同時——

以維達為中心，周圍憑空開出好幾個暗色的洞。

「第一眼看到你的瞬間，我的心就七上八下！雖然我孤獨了好幾千年！但總算！總算有幸遇到了一起玩的對象！」

「……因此您才會找上我們——不，應該說是找上我嗎？第一天、第二天，都是間接，而到了最終日的今天，就直接來接觸。」

「你說得沒～錯！牽扯上伊莉娜而垂頭喪氣的你，真的好好玩！被那場迷魂藥相關的對決牽著走的你，更是看得讓我爆笑！我好想看到更多更多你好玩的樣子！想好好跟你玩個夠！」

維達全身迸出無邪的殺意。

就像幼童拔掉蟲子的翅膀或腳而歡笑。

她帶著純真無邪的笑容，朝我攻來。

「好了，我們開始實驗（遊戲）吧！」

就在她高聲宣戰完之後，緊接著——

圍繞在維達身邊開出的暗色孔洞中，有物體飛了出來。

那東西非常難以形容。也許該說像是陶笛加上了把手的玩具吧。

她雙手握住兩把這種物體後……

「首先我拿出來的傢伙，人稱破壞光線槍！聽說是一種不管什麼東西，都能一發破壞掉的神兵利器～～！」

她將尖端指向我，扣下裝在把手上的扳機。

緊接著，紅色的線從維達所謂的破壞光線槍的尖端發出。

兩道光線劃出波浪狀的軌道，朝我射來。

換做是平常，我會先用防禦魔法擋下，觀察情形，然而……

這次的對手是維達。因此她的攻擊，應該要全數躲開吧。要是貿然去擋，也可能當場斃命。

所幸這光線的推進速度並不快。

我往旁一跳，輕鬆躲開——

「駭人巨獸（Scary Monster）！Come～～here～～！」

我即將著地之際，感覺到背後不對勁。

我直覺猜到是危機，半出於反射地使出防禦魔法。

也許該說是高階防禦魔法「鉅級障壁術（Giga Wall）」的濃縮版吧。

發出黃金色光芒的半透明薄膜，籠罩住我全身。

緊接著——

我背後開出的暗色孔洞裡，一隻難以形容的怪物，探出了巨大的頭。

就像把鋼鐵與肌肉摻在一起，形成龍頭的異形怪物。

怪物張開駭人的嘴，發出蒼穹色的光波。

由於我搶先一瞬間發動了防禦魔法，自身並未受到損傷。但受到異形的波動砲攻擊，讓整個球狀障壁沒有一處不竄滿裂痕，愛城的中心更穿出了大洞。

「把千年堡轟成這樣……！要是『魔王』大人看了，會怎麼想呢……！」

「嘎哈哈哈哈！別擔心別擔心！他一定會笑著原諒我的！」

誰會原諒妳啦，混帳。

我反而火冒三丈啦，妳這變態博士。

「先前您說過要我陪您玩個夠是吧……！既然您是這麼打算……！好啊，我就使出渾身解數，奉陪到底……！」

妳一再損傷我的愛城，我會讓妳對此由衷後悔。

我任由怒氣驅使，發動攻擊魔法。

我身邊展開合計一百零八個魔法陣。

面對這些發光的幾何學紋路，維達儘管露出笑容……

「哇喔～～這可嚇我一跳。」

我對冷汗直流的維達展開全力攻擊。

「破壞城堡的罪，您就以萬死來贖吧。」

狂潮般的雷擊。

劇烈的爆焰。

猙獰的暴風刃。

壯闊的岩塊群。

接二連三、毫不間斷施放出來的破壞大軍，逼得維達只能一再閃躲。

「啊哇哇哇！等！亞德！等一下等一下！」

「不，我不等。」

「輪到我了！好啦！輪到我了啦！現在是我的回──」

「您的回合再也不會來。一直到最後都會是我的回合。」

「唔喔喔喂！好險！差點就要死了！而且亞德，你的流彈一直在弄壞城堡耶！房間被瘋狂擴大，最高樓整層都快要全部打通了耶！要是小瓦看到，應該會生氣吧！」

「不用擔心。我打壞沒關係。」

我和她的對話聽似鬆懈，但我的攻擊絲毫不鬆懈。

……該說維達果然有一套嗎？她舉止逗趣，卻以毫無累贅的動作躲過所有的攻擊……！

搞得我的愛城已經破破爛爛……！

本來我不想做這種近乎自殺的事情。

然而，除此之外別無其他攻略法，卻也是事實。

維達所運用的力量，是魔法，卻又不是魔法。

就像我與生俱來就擁有解析／支配的異能，維達也同樣有著與生俱來的異能。

那就是萬物的改造。

她能夠憑藉這種與生俱來的異能，改造任何概念。

她會利用這種能力，改造魔法的概念，讓她能夠施展令人不明所以的神祕力量。

再和她自己開發的魔導兵器組合起來，建構出無限多種戰術……這就是維達的拿手好戲。

我的異能——解析／支配，對她的力量不管用。如果只看這一點，她是最能制我的對手，然而，攻略法是有的。

那就是我正在進行的飽和攻擊。

「等一下等一下～～！我已經躲膩啦啊啊啊啊啊啊！」

「那您要不要乾脆挨個正著？」

「嘎哈哈哈！你的玩笑真狠啊，我的心靈之友～～！」

她的力量發動起來會稍有延遲，比一般的魔法發動起來稍慢一些。因此只要像這樣，彈如雨下地施加幾十發、幾百發魔法，實質上就能夠完封她的能力。

再怎麼不明所以的力量，只要在發動前被壓制住，就沒有意義了。

繼續——

「該死該死！既然這樣～～！我就發動『專有魔法（Original）』——」

「想得美。」

我的攻勢更加劇烈，不給她空檔詠唱。

所謂「專有魔法」，就是刻印在靈魂中的異質能力。換句話說……就是把與生俱來的異能，提昇到最極致水準而形成的能力。

我的「專有魔法」是將解析／支配提昇到極限，相對的，她的專有魔法，也是將改造萬物的異能，提昇到極致領域。

這種力量，不是莫大兩字可以形容。

如果她有這個意思，一瞬間就可以毀滅世界，這一點都不誇張。

不是這個星球——是包括整個宇宙在內的世界，都會被這種力量給消滅得無影無蹤。

但話說回來，如果無法發動，也就沒有意義。

我也不知道為什麼，但「專有魔法」無法不透過詠唱發動。因此只要妨礙她詠唱，就可以阻止發動。

「受不了啦啊啊啊啊啊啊啊啊啊！亞德你太賊了啦！老是讓我閃躲！你偶爾也該難看地跳跳舞吧！」

「我拒絕。您才適合跳滑稽的舞。」

「唔唔唔唔～～～！你個性很差耶！」

「只有您沒資格說我。」

「算了！再這樣下去也不是辦法！所以呢！」

維達本來蹦蹦跳跳地跑來跑去，現在停下了腳步。

「雖然很可惜！但我要放棄『這個身體』～！」

維達攤開雙手，承接大批猛烈的魔法攻擊。

在城內肆虐的破壞漩渦，集中到她全身。

她嬌小的身軀，一瞬間就被消滅。

一般情形下，這樣就分出了勝負。然而──

噔噔～～♪

才剛聽到奇怪的音色從背後響起──

「好的，我復活啦～～～！」

也不知道是從哪裡冒出來的，緊接著就聽到維達過於有活力的說話聲。

果然這點小事要不了她的命啊。

不過這在我意料之中。

既然會復活，我就殺到妳死為止。

妳儘管在地獄，為妳瘋狂破壞我愛城的這件事道歉吧！

我轉向背後，再度對她展開攻擊——

就在這時——

「王牌二！我要開始啦～！」

她活力充沛地呼喊之餘，以左掌朝自己胸口一拍。

下一瞬間。

她的胸口發出強烈的光芒……緊接著，全身都開始發光。

「……！維達大人，您該不會——！」

「哼哈哈的哈～～！你猜對了，亞德！」

她發出笑聲……但臉上冒出了冷汗。

這實實在在是只有她才能付諸實行的「自殺行為」。

「改造靈體……！一旦做出這種事，您會——！」

「嗯，坦白說真的很不妙。可是啊，亞德……」

維達臉上冒出大量冷汗，但仍由衷開心地笑著說：

「只要贏得了你！要怎樣都好！因為我啊，就像我看起來那樣好勝啊啊啊啊啊啊啊啊啊啊！嘎哈哈哈哈哈哈哈哈哈！」

她發瘋似的大笑，立刻將手伸向身旁的魔導裝置。

不妙。

她的靈體，現在已經變成和我同質。

也就是說——

「排除外敵！And～～！強制Change～～！」

我試圖妨礙她的行動，但為時已晚。

不知不覺間，我已經被排出城外。

我以魔法讓自身懸浮在雲海下，瞪著我的愛城。

「真拿妳沒輒……！跟妳玩還是一樣刺激啊，維達……！」

我皺起眉頭，以任何人都聽不見的音量喃喃說了。

而在我眼前——

千年堡變化為戰鬥型態。

「耶～～～～～！小瓦的玩具，我拿到手啦～～～～～～！我的才能裡沒有不可能三個字啊～～～！呀呼～～！」

似乎是用了音響魔法，維達亢奮的呼喊，迴盪在蒼穹中。

在她的喊聲中，整座城堡分解為無數部位。

每個部位繼續反覆進行分解與重組的過程——

隨後，漸漸變成大得像一座山的人形。

一個漆黑的全身上施加了黃金裝飾，點綴得閃閃發光的鋼鐵巨人。

那就是我人生的最高傑作，也是最強的魔導兵器。

千年堡的戰鬥型態，出現在我眼前。

「就如第一天的宣言！我會讓你輸得吭不了聲啊，亞德！」

鋼鐵巨人的背後，超特級的魔法陣，有如光輪般展開。

「太陽射線巨砲（Megalon Solar Ray）」——

腦海中浮現出魔法名稱的瞬間——

多得與無限沒有兩樣的大量光線，從巨大的魔法陣發射出來。

這個魔法在古代世界，一向是一擊就能消滅過半數的敵軍。

萬萬沒想到會有這麼一天，我會受到這一招攻擊。

「旅行中，我上了很多體驗學習的課……但沒有一種能超越這個啊……！」

我一邊諷刺現狀，一邊在天空飛馳。

大量的光線，以玩笑似的速度殺來。我時而閃避，時而以防禦魔法抵擋，應付過了所有的攻擊。

……維達那丫頭還真有一套。我本來以為千年堡只有我能控制，但她可用得相當純熟啊。

只是話說回來，我看維達再怎麼有本事，光是控制我的愛城，就已經無暇顧及其他。

證據就是，從剛剛她就一直只控制千年堡展開魔法攻擊，並不發揮自身所擁有的異能。

如果她能兩者兼顧，相信狀況就會完全不容我反擊。

「就先從『熱焰暴雨（Tempest Flare）』這種程度的試起吧。」

我以毫釐之差閃躲依然繼續射來的光線，同時在腦內建構術式。

特級攻擊魔法「熱焰暴雨」，發動。

許多魔法陣圍繞鋼鐵巨人顯現。隔了一拍後，所有魔法陣噴出灼熱的火焰。

那實實在在是一場熱焰的風暴。

被選為目標的物體，想必無法承受這一擊，會連焦炭都不剩。

然而……

「嘎哈哈哈！這城堡果然好厲害啊！這不愧是小瓦的最高傑作！」

魔法的發動達到極限，熱焰隨即消失。

千年堡依然健在。

城堡沒有絲毫變化，持續威風凜凜地誇示其巨大的身軀。

唔……！

真不愧是我的愛城……！

坦白說，現況非常嚴峻，但我反而高興起來了。

我的城堡果然是真的很厲害。

「好～～！繼續攻擊！」

被無數光線追著跑的逃亡劇，再度展開。

這次似乎還發動了別的魔法。

我這座進入戰鬥型態的愛城，膝關節裝甲往上下開啟——展開魔法陣。

從中射出許多金輪。

「負極樂環（Negative Happy Ring）。」

這是拘束用的魔法，一旦被這魔法逮住，連我都將再也無法動彈。

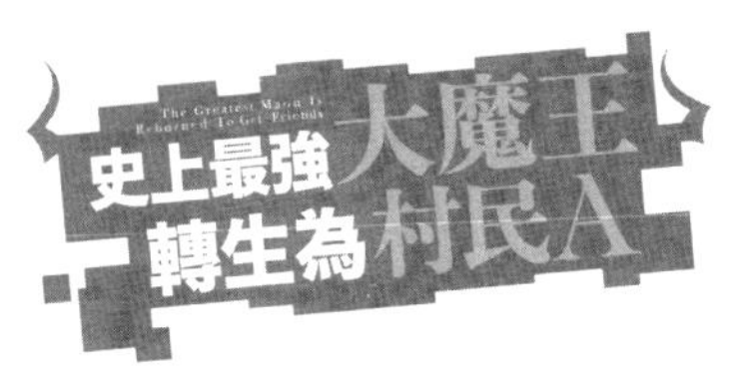


光線與金輪直逼而來，想捕捉到我。

我一邊應付這些攻擊，一邊多次進行反擊，然而——

所有反擊都徒勞無功。

「唔……！明明被逼得無路可退……但還是有點開心啊……！」

這是一種爸媽疼愛優秀子女的心情。

……只是話說回來，我不能就這麼敗給她。

既然這樣，那也沒有辦法了吧。

要讓狀況好轉，就只能動用那招。

我為了發動王牌，準備開始詠唱……但在這之前……

「你是怎麼啦～？亞德～？你該不會就這麼點本事～？」

「……是啊，也許是吧。」

我說這幾句話，並沒有多想什麼，完全是隨口敷衍。然而——

出我意料的是，這些話似乎刺進了維達心裡。

「……啥？喂喂，你開玩笑的吧？」

攻擊忽然停了下來。

「你是在騙我吧？就這麼兩下子就結束，太扯了吧？」

她顫抖的嗓音中，有著確切的恐懼。

……這恐怕是她第一次用這樣的聲調說話吧。

至少我不曾聽過。

她到底為什麼會害怕？

我正皺起眉頭納悶。

「虧我……！虧我還以為總算讓我遇到了……！你卻──！」

維達這次發出蘊含怒氣的聲音，再度開始攻擊。

這也是我第一次聽見的聲調。

……仔細想想，她不管什麼時候都在笑啊。

我記憶中的維達，臉上隨時都有著令人心裡發毛的笑。

我本來以為那就是她的本質，永遠都不會改變，然而──

看來我錯了。

「這幾千年來，我真的好寂寞……！誰也不好好跟我玩……！」

她露出的那種令人不愉快的笑容。

是我們創造出來的。

我和莉迪亞，還有很多那個時代的怪物。

就是這些人維持住了她的笑容。然而，幾乎所有怪物都已經消失……

這個世界上，能讓這個叫做維達的怪物笑的同類，多半都不見了吧。

「看到你的瞬間，我就覺得能夠回到那個時候！可是！你『又要』！辜負我嗎？」

孤獨的怪物。

聽著維達的呼喊，我腦海中浮現出這樣一個形容。

……這樣啊。

我總算察覺到。

察覺到從古代世界就始終不變的——她的本質。

察覺到她的孤獨。

「不要……！不要放我！孤伶伶的一個人！」

維達聲淚俱下地交織出這聲呼喊。

為了表明回答，我開始進行準備。

「『『他的路上有的是絕望』』『『那是一個悲哀男人的人生』』。」

我開始詠唱王牌——「專有魔法」。

其間，光線與金輪等多種無數的攻擊繼續飛來，但我躲過這一切攻擊。

同時神馳於維達的感情。

「『『其人孤身一人』』『『雖有人追隨』』『『卻無人共同行走霸道』』。」

她多半也和我一樣吧。

一樣是個超脫了世界的定律，異常到了極點的怪物。

因此——

「『『沒有任何人懂他』』。」

因此——

「『『每個人都遠離他』』。」

維達一直都是孤伶伶的一個人。

然而，她邂逅了一群和她很像的同類（怪物）……

這才讓她總算得到了同儕。

……而我就在不知不覺間，從她身邊奪走了這些同儕。

以自私地轉生這樣的方式。

「『『連唯一的朋友都背棄他』』『『他落入了瘋狂與孤獨的汪洋』』。」

然而維達啊，妳放心吧。

「『『他的死沒有安詳』』『『擁抱悲嘆與絕望而溺死』』。」

妳再也不會陷入孤獨之中。

我不會讓妳孤獨。

「『『想必那就是——』』。」

當下，我滿懷萬般感慨，詠唱了最後一小節。

「『『孤獨國王（Private Kingdom）的故事』』……！」

哪怕我人生的本質是孤獨。

如果我能夠消除他人的孤獨——

「我就陪妳玩個夠……！」

我表露出自身意志的同時，暗色的粒子籠罩住了我的右手。

這些粒子隨即化為鎖鍊，纏繞上手臂——

最後，形成了漆黑的大劍。

「莉迪亞，階段：Π。」

【遵命，主人（Yes My Lord）。勇魔合身。轉移到第二型態。】

大量的光線，無數的金輪。

為了危害目標，爭先恐後地飛來。

我瞪著這些攻擊……全身發生了變化。

我身披的粒子變化為暗色的鎧甲，頭髮染成白銀。

型態變化，結束。

我一邊感嘆於這絕對的力量——

「森羅萬象的命運，盡在我手。」

對於飛來的無數魔法，我隨手將黑劍一揮。

就只是這麼一揮。

就只是這麼一個動作，為了打倒我而飛來的大群破壞之力，一瞬間就消失無蹤。

「……呵……呵呵，呵呵呵。」

鋼鐵的巨人內部，傳來維達的笑聲。

「嘎哈哈哈哈哈哈！就是這樣！就是要這樣才對啊！」

她由衷開心地笑個不停。

她一邊大笑，一邊再度展開劇烈的攻擊。

大量光線與金輪撲天蓋地而來。再加上，千年堡所擁有的所有攻擊魔法，也交錯飛來。

然而——

「妳該知道，這些對我全都徹底無力。」

我不打算躲。

也不打算防禦。

就只是衝鋒。

死亡與破壞的化身，呼嘯著飛來。我和這一切正面衝突。

無數攻擊魔法打在我全身。然而……我身上毫髮無傷。

「這是怎樣，不妙啊！嘎哈哈哈哈！不要過來！」

維達呼喊的同時，讓鋼鐵巨人做出動作。

規格外的鐵拳猛然打來。

我悠然地躲過這能將山脈粉碎的一拳——

從巨人的下臂往上臂以螺旋狀軌道飛行，並將其切成一段一段。

「不會吧！」

維達慌忙後退，拉開距離。

……之後也一直都是大同小異的戰況。

「這招怎麼樣！」

十年堡施放攻擊，我加以完封。

「喔喔！損傷大得超乎意料！」

回敬的一擊，讓鋼鐵巨人受到損傷。

千年堡漸漸地、確實地接近瓦解。

維達正漸漸接近落敗。

但即使如此——

「嘎哈哈哈哈！好厲害好～～厲害！」

她在笑。

「維達，妳開心嗎？維達，妳高興嗎？」

不知不覺間，我的嘴上也有了笑容。

「真拿妳這傢伙沒辦法啊。」

在古代，和維達一起玩，對我而言就只是麻煩事。

然而，現在——

我第一次覺得這樣很開心。

感覺就像和朋友在打鬧。

我們彼此品味了這樣的感覺一會兒後……

「唉～～這城堡也差不多快要撐不下去啦。」

千年堡已經完全失去左半身，右半身也少了腳。

就如外觀所見，已經渾身是傷。因此，下一次交擊，多半就是最後一次。

「好～～！那麼，我就來施展最大最強的必殺技吧～～！」

千年堡把剩下的一隻手往前伸出，張開手掌。

下一瞬間，巨人全身開始鳴動……整隻手掌發出金色的光芒。

「妳打算用那招嗎？既然如此……！」

我也開始準備發動大招。

「代碼：西格瑪，預備。」

【了解。「終局之零（Ultimatum Zero）」，預備。】

七個魔法陣，開始輪轉。

隨即發出巨大鐘聲似的噹噹聲。

「嘎哈哈哈哈，誰也別恨誰呀，亞德！」

對方的準備似乎也完成了。

以伸出的手掌為中心，黃金色的光芒籠罩全身。

面對這樣的鋼鐵巨人，我這邊也……

【充填率已達百分之百，可以發射。】

我將黑劍的劍尖指向愛城。

隔了一拍後，立刻——

「『終局之零』，發射（Fire）！」

「『猛暴綻放（Violent Bloom）』！放射（Shoot）。」

兩股波動，完全在同時施放出來。

有如大瀑布般的漆黑與黃金波動。

兩者相互衝突，讓超乎想像的衝擊波擴散到整個世界。

眼底的金士格瑞弗市街也受到影響，讓許多建築物化為斷垣殘壁。

兩股波動釋放出破壞的洪流，維持著相抗衡的狀態。

然而，均衡很快地被打破。

暗色的波動，也就是我的攻擊，一路抵銷金色的波動往前進……

最後——

「嘎哈哈哈哈哈哈哈！這次也是我輸——」

將維達的說話聲，連同鋼鐵巨人一起吞沒。

……幾秒後，魔法達到發動極限，漆黑的波動消失。

位於射線上，暴露在破壞風暴下的千年堡……

已經不成原形。

只剩下巨人的腹部，也就是管理控制室，除此之外全都消失。

已經無法繼續戰鬥。

千年堡就像要顯示這一點，開始瓦解，瓦礫散往市街。

「……正巧落在城堡原址，是嗎？」

被挖出一個大洞的這個地方，沒有一個人在。應該不用擔心有人被牽連進去。

我鬆了一口氣，解除「專有魔法」。

恢復本來面目後，立刻控制飛行魔法下降。

就這樣，我落到了這堆曾經構成我愛城的殘骸當中。

「嘎哈哈……實在是……很難打贏你呢……」

我緩緩轉頭，看向說話聲傳來的方向。

「果然弄成這樣了嗎？」

嬌小的身軀，倒在地上。

維達的全身，粒子化的情形正在進行——

她已經失去了半身。

……這是改造靈體的代價。

就算維達再有本事，這也實在太胡來了。

一旦弄成這樣，就再也沒有手段可以救她。

無論如何掙扎，維達都會死……相信最明白這點的就是她自己。

但即使如此——

「啊～好開心啊。果然還是跟你玩的時候，最開心了。」

維達轉過來，看著我笑了。

一種令人心裡發毛的笑。

「……妳這表情，我本來一直覺得看了就不愉快。可是現在，很不可思議地，我不會覺得不舒服。」

她似乎聽見了我這幾句話，笑容變得更加令人不愉快。

「啊啊，總算……真的是總算，找回了……那種……只有……開心的……人生……」

維達這句話說到一半，全身都化為粒子，朝天升去。

這些粒子也隨即消失——

一切都回歸虛無。

「……維達。」

我看著這晴朗得可恨的藍天。

「妳竟然都只顧著玩，也不收拾就走了。」

我露出苦笑，喃喃說道。

「妳真是個討人厭的朋友。」

# 終章　教育旅行的結束／動亂的開始

非常。

非常非常。

充滿了大風大浪的教育旅行總算結束，我們迎來了回程的早晨。

先前的事件，死傷人數是零。雖然有很多人受了輕傷，但全都已經治療完畢。

另外，崩塌的建築物，我也親手修復了。

因此，一件該做的事都沒剩下。

「所謂的旅行，本來應該是療癒心靈……才對。」

「總覺得好累……」

「真想回去好好休息耶……」

「我倒是玩得相當開心呢！……雖然我也不想要再來一次。」

伊莉娜等人一邊交談，一邊上了馬車。

我也正準備爬進車蓬。

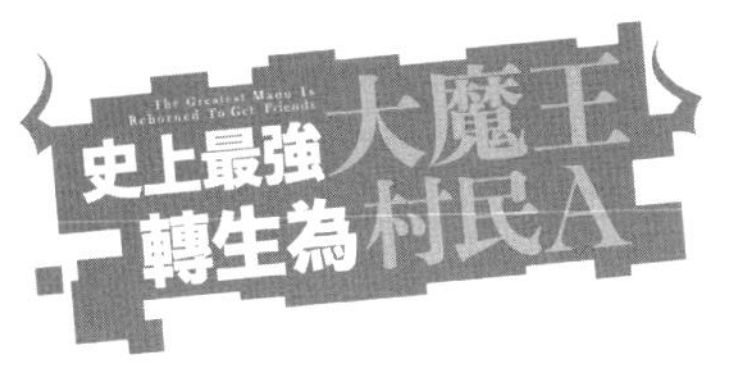

就在這時——

「喂～！亞德～～！」

……現在，一道絕對不想聽見的嗓音，傳進了耳裡。

我忍不住咂嘴一聲才看過去。

……那兒站著一個有一陣子沒見的面孔。

「呼、呼，啊～～累死我了！可是，還好趕上了！」

是維達．阿爾．哈薩德本人。

她因為改造靈體的代價，導致存在徹底消失……現在卻若無其事似的站在我面前。

只是話說回來，我一點也不吃驚。

這傢伙不可能因為那點小事就掛掉。

如果她這樣就會掛掉，根本就不會坐上四天王的寶座。

真是的，這傢伙比某種害蟲還耐命。

「……傳說的使徒親自來送行，令在下惶恐之至。」

「嘎哈哈哈哈！你這不是惶恐的表情吧！」

也不知道有什麼好笑，只見維達捧腹大笑。

然而，她立刻端正姿勢說：

「亞德，問你喔，你相信所謂的命運嗎？」

「……很難說吧。雖然我也不得不承認，確實有奇緣這樣的概念存在。」

「這樣啊。我啊，相信所謂的命運。所以……我想在不久的將來，我跟你還會再見。雖然我也還不知道會是以怎樣的方式再見。」

她稚氣的美麗臉孔上，露出令人心裡發毛的笑容。

維達一邊笑，一邊走過來，踮起腳尖。

「好久沒跟你玩，真的好開心。」

她在我耳邊輕聲細語。

「改天見嘍，『小瓦』。」

她說完這句話，就小碎步跑走了。

……她果然早就發現啦？

真受不了，又多了個煩惱的種子啊。

……不過，這也是我該背負的業報吧。

雖然不想承認。

但這次的事情，讓我多了一個朋友，就當作是損益打平吧。

我神馳於維達所說的命運，上了馬車——

◇◆◇

回到王都，很快地過了一週。

旅行的疲勞也消解了幾分，我們歌頌著日常的平靜。

只是平靜歸平靜——

「席爾菲那個笨蛋在哪裡啊啊啊啊啊啊啊啊啊啊啊！」

「啊哇哇哇哇哇哇哇哇哇哇哇！」

笨蛋仍然是笨蛋。

「照那樣子看來，席爾菲多半沒辦法一起回去啊。」

「妳要不要去照看著席爾菲小姐？她不是妳小妹嗎？」

「我是很想這麼做，但也不想放著狐狸精作亂呢。」

伊莉娜與吉妮之間激盪出火花。

這邊也是老樣子。

放學後。

夕陽下，我們一如往常地走出教室，回到位於校地內的學生宿舍。

……就在回程途中。

「請問，兩位可是亞德．梅堤歐爾先生，以及伊莉娜男爵千金？」

一個突兀的人物，混進了校庭中。

他全身穿著盔甲。

全身板甲的胸口，刻印了王家的徽章。

「……您是女王陛下的直屬騎士，是嗎？」

「正是。陛下要見兩位，請立刻趕赴王宮。」

聽到這句話，我和伊莉娜對看了一眼。

「該怎麼說，自從我們來到這裡後，都不會無聊呢。」

「是啊，偶爾也想閒得發慌呢。」

我們互相聳了聳肩膀。

「我們現在就去。可以請您帶路嗎？」

「我明白了。那麼我們上路吧。」

於是——

我們又被牽扯進了新的動亂當中。

# 後記

自第三集以來，真的很久不見了。

第四集後開始看的各位新讀者……應該沒有吧？各位好，我是下等妙人。

今天的第四集，是以和過去不一樣的方式，呈現在各位讀者眼前，不知道各位覺得如何呢？

本來應該要拚命空出很大的篇幅，把第一天到第四天的每一天都進行詳細解說……但很遺憾，這次的後記只有三頁的篇幅。

所以呢，我把事先想好的多達幾十頁的解說文，集約成一句話。

我想寫以學者神為主角的黑色喜劇短篇！

……呃～本來這裡就要轉到收尾的部分。

但這次有兩件事要通告各位讀者。

首先第一件事。

這篇後記結束後，附錄的短篇就要開始。

這本來是刊登在《DRAGON MAGAZINE》上的第一篇短篇作品。

如果要以淺顯易懂又不爆料劇情的方式來解釋……大概就是一篇類似少年J○MP「單篇完結」的作品吧。

篇幅達到四十到五十頁，文章量相當大，如果各位讀者願意一讀，就太令人欣慰了。

接著是，第二件事。

拙著《史上最強大魔王（以下略）》——

竟然。

竟然竟然竟然。

決定要推出廣播劇CD了！

應該會是預計於二〇一九年八月二十日上市的第五集之附屬贈品（註：此為日本版贈品）

……我想。大概。

聲優陣容豪華得讓人懷疑「真的假的？」，內容也完全是新寫作品，但願能讓各位讀者買回家……

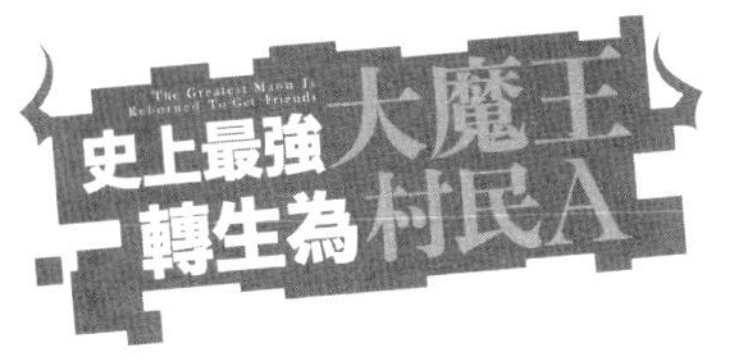


以上，報告完畢。

那麼，最後是謝辭。

首先是責編大人。真的是，除了道歉還是道歉。已經嚴重到讓我煩惱該不該寫一篇反省文。

接著是水野老師。維達的人物設計，真的真的非常棒。上次我也說了一樣的話，但我要一次又一次地重複說。

職業好手果然就是厲害。

而在最後，我要對拿起本書的讀者，致上超乎極限的感謝。

就讓我祈禱我們還能在第五集再會，暫且擱筆。

下等妙人

# DRAGON MAGAZINE 刊載

# 單元短篇

Special Short Story

Presented by Myojin Katou
and Sao Mizuno

我想知道輸是什麼感覺。

不知不覺間，我開始懷抱這樣的期盼而活。

為了將人類從眾神及其黨羽的支配下解放出來，我花費了大半輩子。因此，我的人生始終與鬥爭同在……

創立軍隊，篡奪國家，屠戮無數英雄，擴大勢力，殲滅眾神。

當我在這條路上走到盡頭——

我變得和童話裡的怪物一樣，被稱為「魔王」。

民眾以及幾乎所有部下，都再也不把我當人看待。

作為眾神的替代，他們將我視為敬畏的對象。

長生到後來，得到的只有孤獨。

所以，我開始期盼自己會輸。

因為我想到，只要看到我一敗塗地的狼狽模樣，人們就會認知到，我和他們一樣是人。

但天不從人願……足以打倒我的人，都消失了。

無可奈何，我的人生似乎走到了瓶頸。

然而，希望並未斷絕。

「魔王」瓦爾瓦德斯，多半就是背負著最終要淪為孤獨的怪物而死的命運，誕生到這世上的吧。然而，下輩子也許可以享受不同的命運。

就像從前那樣，和朋友一起歡笑，過著有趣又快活的日子。也許可以走上這樣的人生。

我再也承受不住孤獨，立刻創造了轉生用的魔法。我寫了遺書給部下們，然後發動了轉生魔法。

……於是我呱呱落地了。

就如我所建構的術式，我在遙遠的未來世界，轉生為一個一般人族（Human）。

現在的我，不是「魔王」瓦爾瓦德斯。

是平凡的村民亞德·梅堤歐爾。

話說轉生後，三年很快地過去了。

由於我原原本本地繼承了前世的人格與智能，學習語言十分簡單。

肉體也似乎生得相當健壯。剛出生就立刻能走路，三歲就開始幫忙母親務農。

「亞德，媽媽要離開一下，你可以嗎～？」

「好的，母親大人，看家就包在我身上。」

第二段人生的母親，長得相當美形。這樣的她聽了我的回答，微笑著點了點頭。

「那麼，我去去就回來喔～田裡的工作你大概做做就好，不可以太逞強喔～」

她說著關心的話，同時揮揮手，漸漸走遠。

我目送她離開後，繼續務農。

我握緊鋤頭，一鋤一鋤地耕土。

這樣耕著田，就讓我能夠切身感受到自己真的成了個平凡的村民，讓我忍不住笑了出來。

「嗯，現在的我，實實在在是個隨處可見的平凡村民。和前世不一樣，不管出什麼差錯，都不可能一擊轟掉大陸。現在的我，沒有一絲一毫令人卻步或害怕的因素。」

憑現在的肉體，要進行臨死之際神馳的一百個朋友計畫，應該也會順利吧。

……因此，眼前或許應該專心於得到活下去所需要的力量吧。

首先是戰鬥能力。憑現階段的實力實在令人不放心。這個村莊和所謂的戰鬥無緣，但沒有人知道何時會有危險找上門來。即使交到朋友，也不能沒有保護得了朋友的力量。

而且不只是戰鬥能力，也得學到智慧才行。我對出人頭地沒有什麼興趣，但最低限度，至少要在社會上有頭有臉，才容易有人聚集到身邊來吧。

小孩子就是容易去捧會打架的強者，以及腦子靈光的人。

所以，今後我打算把自己關在家裡看書看個夠，再不然就是跑去村子附近的山上鍛鍊。交朋友應該可以等到有了自己滿意的力量之後再來。

……沒錯，不必急。慢慢來就好。慢慢來。

我一邊想著這些念頭，一邊默默揮著鋤頭，不知不覺間母親似乎已經回來。

「哎呀，母親大人回來啦。妳回來得好快啊。」

「嗯，因為不是什麼大不了的……事……情……？」

──？這是為什麼呢？母親看著我，露出難以置信的表情。

「問……問你喔，亞德。這田……都是你耕的？」

「是啊，是我耕的……」

啊，對喔，我知道了。是我耕田的方法有問題吧。

「非常抱歉，母親大人，畢竟我還做不慣。」

「不，我不是這個意思………竟然在這麼短的時間內，就耕完這麼大的面積，這是什麼情形……？」

母親的喃喃自語音量很小，所以我聽不太清楚，但看來她並沒有生氣。我看出這點，鬆了一口氣。

……呵呵，竟然會因為知道爸媽沒生氣就放下心來，我這可不是變得很像個平凡的村民了嗎？真希望可以就這麼平凡地成長下去。

季節遞嬗，我十歲了。

按照當初的計畫，截至目前為止，我都一直在家裡或山上鍛鍊，在智慧與力量方面，處於滿意的狀態。

但我當然一個朋友都沒有。

早上，我從睡夢中醒來，一邊從床上起身，一邊思考這件事，自言自語。

「嗯，差不多該正式開始進行交一百個朋友計畫了吧。」

我這麼自言自語後……立刻碰上了一個重大的問題。

「就算要進行計畫……但說來，朋友是要怎麼交？」

沒錯，首先得從這一步開始。

我也並非從一開始就是「魔王」，雖然幼年期多了點大風大浪，但並沒有做出什麼驚動社會的事情，也會正常跟朋友玩樂度日，是個隨處可見的小孩。

但畢竟那實在是太久遠的事情，多半已經是一千年左右的過往，所以細節難免已經從記憶中脫落。所以──

「那個時候，我是怎麼交到朋友來著了？」

我完全一頭霧水。

嗯～～～……雖然目的有些微妙的差異……但記得以前我有個叫做阿爾巴的輕浮男部下，就說過這樣的話啊。

「陛下，要掌握女人啊，最重要的就是打招呼啊！打招呼！只要先用令對方留下印象的好聲音打過招呼，第一步驟就完成了！之後順其自然都可以輕鬆到手！」

那傢伙吊兒郎當，非常煩人啊。因為他很優秀，我才把他留在身邊……可是他真的很煩。

不管怎麼說，那個煩人部下的發言，是不是可以應用到交朋友這件事上呢？

嗯，仔細想想，的確覺得人際關係的開始，是以打招呼為基礎。

「好，既然這樣，我就去向村子裡的小孩一個都不放過地打招呼……打……招呼……」

我自言自語到一半，又碰上了巨大的障礙。

「……要怎麼打招呼才好？」

我……我不懂。身為一個平凡人，對平凡的對象，打招呼都說些什麼樣的話，我完全不懂……！

畢竟我已經以王者的身分活了很久。我對周遭的態度，也始終有著國王的氣派。因此，我對於所謂平凡的相處方式，總是不太……

「首……首先，該從研究與練習平凡的打招呼開始嗎？……不對，這樣拖拖拉拉下去，時間很快就會過去。這種時候，只能奮不顧身地試了再說。」

想來一開始多半會失敗。但我不能因此氣餒，要持續鑽研，抓住榮耀。

我在前世就是這樣一步步往上爬的。這次也只要這樣做，就不會錯，應該吧……！

好！時候已到！

出陣交朋友！

……所以，我和爸媽一起吃完早餐後，立刻出門在村子裡溜達。

結果馬上就發現了第一個目標。是個跟我同年代，很惹人憐愛的少女。

她把栗子色的頭髮綁成辮子，打扮得很樸素。我要對她打招呼。

打招呼。打招……呼。打招呼……

我要……打招呼，可是……

「這……這緊張感是怎樣……？」

那是我已經許久不曾嚐過的不快感。

「胃……胃好痛……！冷……冷汗流個不停……！太……太離譜了。連面臨與眾神決戰

的時候都不曾有過絲毫害怕的我……！面……面對這麼個小丫頭，卻會怕得卻步……？」

我不想承認，但就是這麼回事。

我在怕。怕那個少女。不，說得正確一點，是怕她的反應。

假設我跟她打招呼，她做出的卻是「啥？這小子是怎樣？」之類的反應，該怎麼辦？

一想到這裡，我就怕得不得了。

「嗚嗚……！這可是第一次啊，小丫頭……！第一次有人能把我逼到這個地步……！」

怎麼辦？這……這時候應該先撤退嗎？

……不！我在扯什麼沒出息的話！

我的辭典裡，沒有臨陣脫逃這種字眼！

哪怕那不是我自己想要的立場，但我從前可是當過帝王！帝王沒有後退兩字！

我流著冷汗，但仍下定決心，踏上一步。

然後，對少女的背影開了口。

「那……那邊那個人！看過來！」

啊啊，連我自己都覺得聲調很沒出息……而且，這樣打招呼是不是錯了？該怎麼說，我就是覺得轉過身來的少女似乎有點嚇到……

管他去！在意也不是辦法！現在只能全力以赴！

「妳……妳回應了我的呼喚，很好。值……值得嘉許。」

「……啊，是。」

「妳……妳妳……妳……這個，呃。」

「……唉。」

「那個，這個，我是說……」

我在吞吞吐吐什麼啊！趕快說出要求不就好了！

說啊！來，說出來！鼓足勇氣！成為勇者！

要成為勇者啊我！

「當……當我的朋友。如此一來，我就把半個世界分給妳……！」

……嗯。我隱約看得出自己搞砸了。

而少女聽到我這麼說……

「……………好噁。」

她以寫滿嫌惡的表情撂下這句話，就逃命似的離開了。

……轉生至今才過了十年多。

總覺得，我……已經想死了。

之後我立刻回家，把自己關在房間裡，痛切反省自己的態度。

什麼叫做「把半個世界分給妳」。以前我說這種話，就從來沒有一個人答應過啊。

不管怎麼說，俗話說失敗為成功之母。這次的失敗，是通往成功的一大步。

沒什麼，下次好好做就行了。我要開朗，要積極。

我就以這樣的心態，為了讓交一百個朋友計畫成功而持續進行。

一天又一天。不斷失敗與鑽研。

最後，終於——

「麻煩當我朋友啊啊啊啊啊啊啊啊啊啊啊！算我求求妳啊啊啊啊啊啊啊啊啊啊啊！我想要朋友啊啊啊啊啊啊啊啊啊啊啊啊！」

「…………好噁。」

總覺得，我已經氣餒了。

一年過去，我滿十一歲了。這陣子，我的心靈總算痊癒，打算繼續進行交一百個朋友計畫。前「魔王」不會放棄。

只是話說回來，先前的做法行不通。我學到了教訓，知道無論如何掙扎，憑我自己一個人的力量，終究辦不到。

因此，我決定詢問身邊成功者的意見。

所謂身邊的成功者，就是我的父母。

找到伴侶，生下子女，是極其理所當然的事情，然而，這理所當然，其實非常困難。他們能夠辦到這點，想必熟知交朋友的方法。

所以呢，我找他們兩人徵詢意見。

首先，父親這樣回答我：

「交朋友的方法？哈哈，那還不簡單！先痛毆對方一頓，然後對他說從今天起你也是朋友——」

「那是收小弟的方法吧？」

接著母親的回答是這樣的。

「嗯～交朋友的方法啊～如果是收性奴隸的方法，我倒是知道啦～」

「請問你們兩位這些年來到底過的是怎樣的人生？」

這兩個人的為人都有點不太對勁。

看來我弄錯了商量的對象。因此，我決定找會頻繁來我家過夜的雙親好友，同時也是有孩子的精靈族美青年懷斯商量。

「我朋友也不算太多，不過……我想應該還是先從保持禮儀端正做起吧。接著要注意不讓對方感到不快。這麼做並隨時抱持敬意與對方接觸，我想一定會有人仰慕你喔。」

我覺得我家雙親應該跟懷斯討點指甲垢熬來喝。

於是我立刻根據他的建議，執行交朋友作戰。

原來如此。始終有禮貌，維持紳士風度，不讓對方不悅，是吧？這讓我耳目一新。

我立刻採納懷斯的意見，累積各式各樣的努力。

結果是這樣的。

「咦，和亞德……當朋友……？不……不要，好噁心……！」

為什麼啦？

我做了什麼？輪不到別人用這種看髒東西似的眼神看我。

要說我做了什麼，就是始終用敬語說話，所有動作都無益地洗鍊，為了表達我對對方抱持敬意，將對方的住址、年齡、性別、興趣嗜好、家庭成員等等的所有情報都查個清楚，熱烈地訴說「你的一切我全都知道」，盡是這些極為正經的事情……

難道說，看在別人眼裡，只會覺得我是個令人噁心的怪人？

不對，不會有這麼離譜的事情。

可是，對方到底為什麼會覺得反感？我想不到原因。

之後也一直得到一樣的結果。

我努力交朋友，但對方的反應差不多都是——

「……………好嗯。」

就是這樣。這樣的世界，乾脆毀了算了。

感覺得出心情一天比一天暴躁。為了發洩這樣的壓力，最近我把自己關在山上的情形變多了。

山上住著魔物，也有迷宮。也就是說，不缺遷怒的對象。

然而我不會全力發洩這些憤恨。要是我在山上發洩過頭，也可能會擾亂生態系。尤其在迷宮，更需要多少留意。

由於山上的迷宮等級極低，魔力容許量也很低。

因此，一旦魔力高的人出手太重，迷宮核就會受到太大的負擔而失控，引發魔物異常繁殖的現象，對許多人造成天大的麻煩。

也因為有著這些顧慮，我始終遵守禮儀，開心屠殺。

話說現在時刻還不到中午，但陽光被山上繁密的樹木遮住，光線十分昏暗。

簡直和我的心境一樣。

好了，今天我也拿這些魔物來發洩吧。

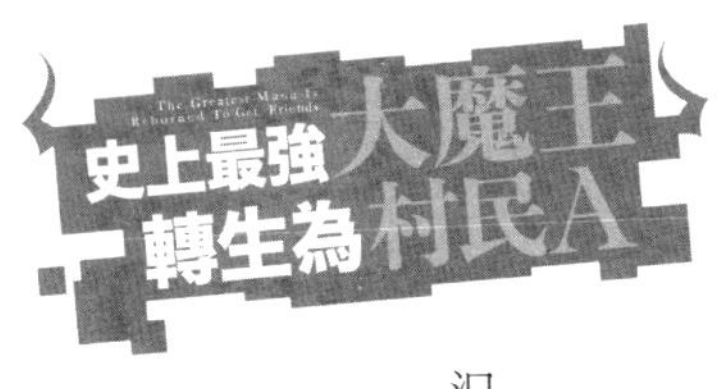


唉唉，今天又和往常一樣，是個差勁透頂的日子——正當我要這樣嘆氣時。

「混～帳東～～～西～～～～！」

嘶吼聲從稍遠處傳來。

從嗓音聽來，是個年紀還小的少女——

不知不覺間，我已經趕往現場。

我偵測四周的魔力。偵測到疑似目標的反應後，發動空間轉移魔法「次元行進術（Demension Walk）」，一瞬間移動到目標所在處。

風景沒有改變。一樣是在昏暗的山上。

深山裡，有著一名少女，以及一隻魔物。

前者果然是年幼的少女。是個白銀色漂亮頭髮與倔強美貌很令人印象深刻的精靈族。

後者是一隻類似大型山豬的魔物。與少女嬌小的身軀相比，牠的肉體實在太龐大。

小小年紀的幼女，對上身軀龐大的魔物。如果只看字面形容，屬於需要盡快救援的狀況，然而——

「『來吧灼焰』！『以我的劇怒』！『燒盡一切』！」

她以透出怒氣的聲調，交織出三節詠唱。

她朝魔物伸出左掌，手掌前方顯現出複雜的幾何模樣，也就是魔法陣——

剎那間，紅蓮般的劫火直線推進。

這道烈焰成漩渦狀旋轉，劃出猙獰的軌道前進，而魔物沒能躲開。狀似山豬的魔物立刻就被灼熱吞沒，發出慘痛的哀號。

然而——

「『雷鳴在於我手』！『天雷啊』！『朝我眼前的目標灑落』！」

少女對於置之不理也很快就會死去的魔物，進行苛刻的追擊。

山豬型魔物頭上顯現出來的魔法陣，從中發出好幾道紫電，貫穿牠巨大的身軀。

魔物不只是體表，連體內也被燒了個透，連垂死的哀號都並未發出，當場斃命。少女看著這情形，累癱了似的鬆了一口氣。

……最後那一擊，也可視為給垂死的魔物一個痛快。

但我不這麼認為。

我怎麼想都認為她——沒錯……就和我一樣，是拿魔物來發洩壓力。

只是話說回來——

這個年幼精靈族的外表……讓我覺得有點懷念。

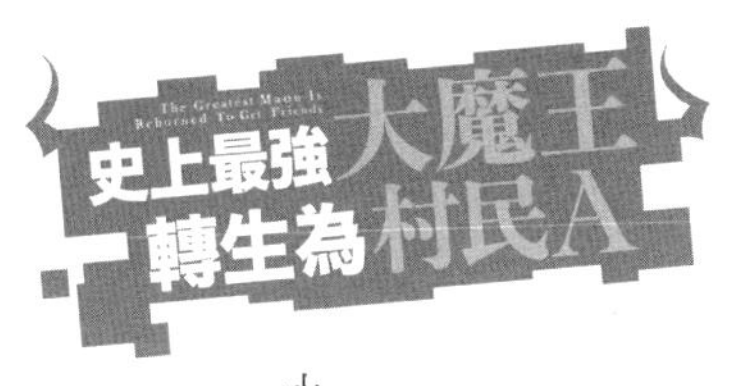


這是為什麼呢？

……啊啊，對喔。因為她很像那傢伙。

很像我前世最好的朋友……

很像人稱「勇者」的那傢伙。

我覺得自己彷彿再度遇見了以前失去的朋友。或許就因為這樣，我自然而然走向了她。

草被我踏出娑娑聲。她對此有了反應，轉過頭來。

「……你是怎樣？」

她滿是戒心地瞪過來。這明顯的拒絕反應，讓我一陣心痛，然而……

我可不會因為這種小事就氣餒。因為我說什麼也想和她交朋友。

所以——

「幸……幸會，我叫亞德．梅堤歐爾。如果不介意，可以請教妳叫什麼名字嗎？」

為了解除她的戒心，我露出平穩的微笑，就像平常對其他人那樣，用敬語說話。

然而，少女的臉上沒有變化。她仍然敵視地瞪著我，什麼話都不回答。

「呃……剛……剛才的戰鬥，我在一旁見識了！實在非常厲害！才這麼點年紀就有這種水準的人，可沒這麼多啊！」

恭維也沒用。少女什麼話都不回答，只以尖銳的視線瞪著我……不，感覺得出她的表情反而變得更嚴厲了。

稱讚她的實力，是不是帶來了反效果？

她不但不誇耀自己所擁有的力量，反而屬於對此排斥的類型。

她的心情我很能體會。我在世也是這樣。

我愈來愈中意她了。我一定要跟她建立友好的關係。

我心急起來，雖然覺得早了點，但仍然直接決勝負。

「請……請問……如果妳不介意……可……可不可以！跟我當朋友？」

「……朋友？」

少女的表情有了些許的改變。

儘管只是一邊眉毛小小動了一下——

但她第一次表露出的心境變化，讓我膽子也大了起來。

我產生了一種樂觀的心態，覺得只要繼續進攻，也許就有辦法成功。因此——

「沒錯！朋友！我覺得我們很像！我想我們一定可以建立一種能夠互相了解的美好關係！所以——」

我對她說出火熱的話語。

然而——

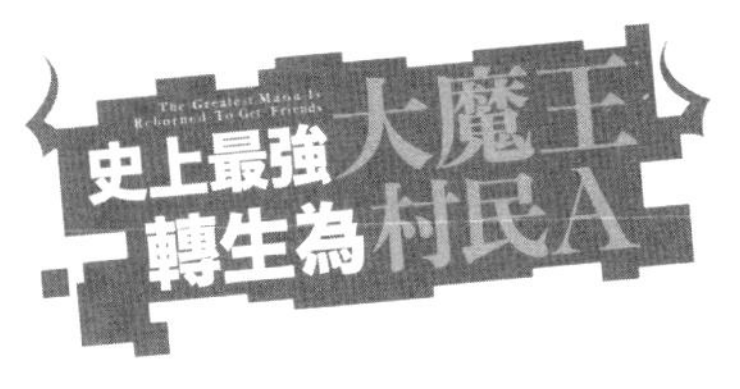

下一瞬間，少女將我心中的火熱連根拔起。

「……你能理解我？別開玩笑了。」

那是一種苛烈得像是在看殺父仇人的視線。

哀仇、憎恨、不快，以及……

死心。透出這些情緒的眼神，讓我不由得後退。

「你這種人，懂我什麼了……！」

她忿忿地丟下這句話，就甩起一頭銀髮，逃跑似的跑走了。

……臨走之際，她的眼睛看起來像被淚水沾濕，會是我的錯覺嗎？

我在原地呆站了一會兒，隨後回家去了。

當初目的所在的發洩壓力，已經被我拋諸腦後。

現在我滿腦子就只有那個惹人憐愛的精靈族少女。

雖然我被她狠狠地拒絕了，但我不打算死心。

我說什麼也要跟她建立良好的關係。

……而我不會再犯下過去那樣的錯誤。絕對不會。

所以呢。

我為了和那個精靈族少女交好，展開了行動。

「午安，伊莉娜小姐！今天在下也來向妳請安了！」

「……你為什麼知道我的名字啊？」

有一次是在山上重逢，我對她打招呼……

「把想當朋友的對象徹底查個清楚，這是當然的吧？哎呀，話說回來，這世界真小啊。真沒想到妳就是懷斯先生的女兒——」

「好噁！你好噁好噁好噁！走開啦，你這跟蹤狂！」

被她用看垃圾似的眼神看——

又有一次……

「伊莉娜小姐，生日快樂！我準備了妳喜歡的席琳產紅玫瑰花喔！」

「……你為什麼知道我喜歡什麼？」

「呵呵，妳的一切我都知道。連妳身上有幾顆痣——」

「去死啦，你這變態！」

我準備的禮物成了焦炭——

還有一次……

「晚安，伊莉娜小姐！今晚月亮也好美呀！」

「……我說你啊，為什麼知道我家住哪裡？」

「哈哈哈，簡單！因為我跟蹤伊莉娜小姐從山上回家！」

「啊，是喔。那……你為什麼出現在我房間？我房門上了鎖，而且今天應該沒有人來過。」

「因為我想製造驚喜！就從窗戶進來了！」

「……你已經不只是噁心，是讓人害怕了。」

從這天起，伊莉娜的窗戶釘上了木板，再也進不去了。

所以我從正門堂堂正正地一再去叨擾。

「亞德，我覺得凡事都要有個分寸。所以，請你多自重一點。」

結果莫名地被一家之主——也就是她的父親懷斯給罵了。

到底是哪裡不好呢？

我也沒做什麼，就只是從早安到晚安，二十四小時追著伊莉娜跑，說服她當我朋友而已啊。

……就這樣……

從我認識伊莉娜，已經過了將近一年，但我們的關係幾乎沒有任何進展。

豈止沒有進展，甚至她還有躲著我的跡象。

我想建立友好關係的對象，已經不是罵我，而是我做什麼都沒有反應，這樣的現況相當令人難受。

但我可不會氣餒。

處在這種痛苦的狀況，才更應該發揮加倍的鬥志。如此一來，就能開出活路。

要相信自己。

只要相信自己，持續追尋夢想，夢想總有一天一定會實現。

這是我從前世就一直信奉的信念之一。

可是……用之前那樣的手法，狀況不會有所進展，卻也是事實。

傍晚，我躺在床上尋思。

「嗯～～該怎麼辦呢？前世的經驗裡，有沒有什麼能派上用場的……」

我挖掘記憶。

結果就想起那個集輕浮、煩人、體臭這三種討人厭特質於一身的部下——阿爾巴的臉孔。

接著就想起，他說過這樣的話。

「陛下！女人這種生物，對驚喜就是沒有抵抗力！」

當時，我因為某種理由，必須吸引女人注意，於是就去找這個輕浮煩人又臭死人的部下商量。

當時對於他的建議，我是這麼回答的：

「可是你說驚喜，在一點都不特別的時機送禮物這種事情，我已經做過了，但結果根本什麼效果都沒有啊。真是的，我還特地去取了邪神的魂魄來，沒想到她竟然沒有興趣。」

結果他輕浮的臉上露出賊笑，以非常煩人的表情連聲咋舌。

「陛下您不懂啊。女人最喜歡的不是物品，是浪漫的情境或光景這一類的東西。陛下在世界各地轉戰，一定知道很多非比尋常的絕景吧？只要用驚喜的方式帶她們去看，在耳邊說一兩句示愛的話，馬上就能手到擒來！」

……嗯。

過去聽他建議的狀況，有許多地方與現況符合。

這個時候，就朝以驚喜方式帶她去看絕景的方向試試看吧。

哎呀，該說就是要靠優秀的部下嗎？

……不過這個叫阿爾巴的男人，講得一副自己對女人瞭如指掌的樣子，自己卻直到過世都還在室。記得大家常在背地裡指指點點地笑他。

他死的時候，幾乎沒有人痛哭。大家都笑說：「阿爾巴那傢伙，還在室就這麼死掉了，有夠好笑。」

……可以把這種傢伙的建議當真嗎？

附帶一提，我莫名地就是想不起當時的記憶。當時我真的照著阿爾巴的建議行動，博得了女人的好感嗎？

也有可能是因為結果太令人震驚，讓我刪除了記憶……

不過，不管怎麼說，我想不到其他策略也是事實。

而且搞不好會順利，就姑且試試看吧。

「眼前，就從選定想帶她去看的絕景開始吧。要說到我在前世看過最美的光景……嗯～『那個』得準備大量的魔物才行。這村莊附近的森林或山上，又沒有那麼多魔物棲息……」

就妥協一下，用別的光景吧。我正想到這裡。

「嗚啊啊啊啊啊啊啊啊啊啊啊啊——！」

慘叫聲唐突地傳來。當我感覺到從室外傳來的這叫聲當中有著緊張感，人已經下了床。

我就這麼默默前進，出了家門。

傍晚時分，橘紅色的天空下——大批魑魅魍魎在村子裡肆虐。

「咿……咿咿咿咿咿咿！」

「救……救命啊啊啊啊啊！」

尖叫與吼聲交錯。其中還摻雜了魔物的嚎叫。

「這到底……？」

是怎麼回事呢？我正歪頭納悶，就有個逃竄的同年代少女，進入我視野的角落——

她的背後有著狼型的魔物追趕。

我當然不能置之不理。就在我準備對魔物施展魔法時。

「喔啦啊啊啊啊啊啊啊啊啊！」

一聲勇猛的吼叫迴盪在四周，同時正要咬上少女身軀的魔物，軀幹被劈成兩截。

是我父親傑克。他握緊了雙刃劍，在犀利的呼喝聲中，拯救了少女。

父親對少女說了一兩句話之後，視線朝我看了過來。

「亞德！不要出來！跟這孩子一起進屋裡，乖乖待著！」

他的臉上有著強烈的緊迫感，額頭與臉頰不停冒著冷汗。

……在我看來，這種程度的狀況不值得慌張。不過看在平凡的村人眼裡，現況應該實實在在就是進入了緊急狀況吧。

「對了，父親大人，請問為什麼會演變成這樣的事態呢？」

「你……！你在冷靜什麼啦？別說那麼多了，趕快——」

「在這之前，請你回答我的問題。」

我盯著他的眼睛這麼說，結果也不知道他是被我的氣勢震懾住，還是死心地認為不回答我，我就不會聽話。父親很快地交代了事情原委。

「你也知道山上有迷宮吧？就在剛剛，這個迷宮的核好像失控了……」

嗯嗯？迷宮核失控？

不，這種情形本身我很清楚。當迷宮的核因為某些原因失控，核製造出來的魔物量就會呈爆發性的增加。結果就是魔物從迷宮裡滿出來，對附近造成重大災害。

這就是所謂的迷宮災害……但是很奇怪啊。如果是迷宮災害，應該會有數十倍的魔物跑來。

「照村裡觀測員的預測，應該還有一年不會失控才對……！為什麼會在這時機……！」

看到父親露出苦澀的表情，我產生了少許罪惡感。

這次的災害，舉得出來的原因……大概就是我和伊莉娜吧。

如果只有我一個人，也不至於刺激迷宮核。但伊莉娜也和我一樣，去獵殺魔物來發洩壓力。

我姑且還是有叮嚀她別殺得太過火，但她似乎聽不進去啊。

……也罷。

現況對我而言非常可喜。

「喂……喂！你想去哪裡？」

我正要從爸爸身邊走過，他就一把抓住我的肩膀。

「當然是去找伊莉娜小姐──」

我正回答到一半──

有個人從眼前不遠處的道路正中央往我們跑來。當我認出對方是誰，不由得閉上了嘴。

「懷斯？你想去哪裡？你得和我們一起迎擊魔物才行吧！」

他所說的「我們」，多半不包括我亞德·梅堤歐爾吧。他指的是包括他與妻子在內的義警團。懷斯也是義警團的成員，然而……

他的行進方向，顯然是通往村外。

該不會是被現況嚇得想逃走？

看到他臉上的恐懼與焦躁，倒也不是不──

「伊莉娜她！我女兒在山上啊！」

聽到懷斯的吶喊，我就像變成石頭似的當場僵住。

……原來如此。這可不妙了。在山上肆虐的魔物數量，應該不是村內所能相比。憑伊莉娜的本事，要應付大量的魔物，這擔子是重了點。

最壞的事態也是有可能發生的……然而，就這次而言，我敢斷定絕對不會發生。

原因很簡單，因為有我在。

「放開我，傑克！我要去救伊莉娜！」

「你冷靜點！她不要緊的！她靠自己的實力就跑得掉！」

我無視這兩個人在一旁爭吵，為了趕去找她而發動了魔法。

是飛行魔法「天行者(Sky Walker)」。我全身輕飄飄地離地，然後……

「兩位請住手。伊莉娜小姐由我去帶回來。」

「啥！你說……什……」

「……咦！」

也不知道他們先前的氣勢跑哪兒去了，只見他們看著我，還莫名地張大了嘴合不攏。只是話說回來，我也沒有時間問他們原因。

「那麼，我去去就回來。」

我說完，就飛向暮色漸濃的橘紅色天空，之後隨即往村子附近的山上推進……就在我即將飛遠之際。

「……我說懷斯，那是飛行魔法沒錯吧？」

「嗯……嗯。是『不可能技術』裡最有代表性的魔法『天行者』吧。」

我覺得聽見地上有著這樣的對話，但想必是我多心了吧。

區區的飛行魔法，總不可能會是「不可能技術」。

不過不管怎麼說……

「伊莉娜，妳等著。我會去救妳，同時……」

還會準備驚喜節目讓妳看個過癮。

找一邊喃喃自語，一邊朝著山上，直線劃破天空。

自己果然是受詛咒的吧。

伊莉娜對眼前的光景冒著冷汗，咬緊了牙關。

時刻不清楚。山上光線昏暗。繁密的樹木與雜草交織而成的自然色彩中，摻雜了大量的怪物。

盤據在眼前的魔物數量，光是目測都多得讓人不想數……

這樣的狀況，足以讓年幼的少女聯想到死亡。

「哈哈，真沒想到，這可不是個漂亮小姐嗎……」

一隻哥布林踏上前來，說出這樣的話。

伊莉娜嚇了一跳。與生俱來就具備知性的魔物非常少見——而且毫無例外，都非常強大。哪怕是被視為最弱魔物的哥布林，也能夠輕易地毀掉一兩個村莊。

如果這種稀有種族有著慈悲心，自己多半就能得救，然而——

「啊啊，我運氣真好……才剛出生，就能吃到上等的肉……」

綠色的眼睛因嗜虐與恍惚而扭曲。

看來自己果然是到此為止了。

……這是懲罰嗎？是自己為了發洩壓力，每天都奪走山上的生命，使山神對這樣的自己生氣了嗎？

如果真是如此……她就更恨神了。

自己並不是因為喜歡，才一直在這裡奪走其他生物的生命。

有自己這種受詛咒的身世，任何人都會想這麼做吧。

伊莉娜一直為天神所賦予的際遇所苦。相信以後也會繼續為此所苦。一想到這裡——就覺得在這裡被這些傢伙蹂躪，活活吃掉也不壞。

「那麼……嗯？怎麼，你們這些傢伙。你們也想吃這小丫頭的肉嗎？哼，也好。只是，我的份要留給我。」

魔物的大軍發出歡喜的叫喊。面臨這幾乎震撼整個大地的轟隆巨響，伊莉娜完全接受了死亡。

「那麼小姐，妳就儘管抵抗，給我們一點樂子吧。」

哥布林綠色的臉上露出猥瑣的笑，但自己不會如他所願。

自己要就這麼接受死亡。想必會很痛苦，但頂多也只會持續幾分鐘吧。

比起接下來幾十年都要活在一種叫做孤獨的活地獄裡，要好得太多太多了。

或許是感受到了她的這種念頭，哥布林以看著無趣事物似的眼神看過來。

「真希望妳哭喊求救啊。妳也有家人或朋友吧？」

朋友——聽到這句話，伊莉娜胸口一陣抽痛。

「我才沒有什麼朋友……大家都……離我而去……」

沒錯。伊莉娜也不是一直都孤獨。

更小的時候，她也有過一些朋友。每天都過得很開心，很幸福。

然而……她一揭露自己瞞著不說的身世。

「咦……不……不會吧……！」

「伊莉娜，是那樣的……」

朋友臉上透出的拒絕，對於相信朋友而透露祕密的伊莉娜而言，是不折不扣的背叛──

「妳……妳不是說我們……要一直當朋友嗎！」

接著──

「……要我跟怪物當朋友，別開玩笑了。」

聽到這句話，伊莉娜決定，再也不要跟任何人培養友情了。

「唉……無趣。喂，你們這些傢伙，想怎麼樣都行。」

聽到哥布林這句話，魔物們發出歡喜的吼叫──隨即撲了上來。

伊莉娜注視著迎面而來的大群死亡象徵，抿緊了嘴唇。

這樣一來就可以輕鬆了。就可以擺脫受詛咒的命運了。可是……一點也不開心。

不但不開心，心中有的更只是恐懼與悲哀。

（啊啊，明明可以結束了。）

（但我卻……）

理應能夠接受的死，卻讓她怕得不得了。

或許就是因為這樣，日復一日在心中說個不停的話，不由自主地脫口而出。

「誰來……救救我……！」

這一瞬間──

迎面而來的魔物大軍面前，顯現出一道發出黃金色光芒的半透明牆壁。

猛衝過來的怪物重重撞在牆上，發出豬隻被壓扁似的慘叫，當場停住。

接著──

「呼～看來達不到我要的數目啊。」

一道毫無緊張感的耳熟說話聲。

伊莉娜腦海中才剛浮現說話者的長相，他本人就從天而降，落在她面前。

「亞……亞德……！」

「哎呀，妳第一次叫了我的名字呢。」

看到亞德轉過來開心地微笑，伊莉娜茫然地喃喃說道：

「你……你……為什麼……？」

狀況實在太出乎意料，讓她的思緒一團亂。

說出來的話全都斷斷續續，自己都不知道自己在說什麼。

在這樣的情勢下。

敵方當中具有高度知性的哥布林，興味盎然地手按下巴，說道：

「這種時候，那些人類不是都會說，這就像是飛蛾撲火？還特地送上門來讓我們吃掉，真是辛苦你——」

沒錯。總之，這樣不妙。

再這樣下去，不只是自己，亞德也會死掉。

這樣不行。這個叫做亞德的少年雖然是個腦子有問題的變態，但伊莉娜並不恨他。反而……有點欣賞不管怎麼狠狠拒絕都死纏不放的他。

不希望他死。伊莉娜想到這裡，正要出聲呼喊，叫他逃跑……但在那之前——

她感到不對勁。

從剛剛哥布林就一句話也不說，杵在原地不動。

牠話說到一半便止住，沒有說出更多的話，並且一動也不動。

怎麼回事？她才剛產生疑問。

「嗯，雖說是高智能個體，哥布林終究是哥布林啊。竟然連這種程度的魔法都躲不開。」

魔法？怎麼回事？她剛想到這裡的瞬間。

哥布林全身竄出無數條發光的流線——

接著，牠全身斷裂為無數細碎的肉片，灑滿了一地。

伊莉娜已經完全搞不清楚狀況，腦子裡只裝滿了問號。

也難怪她的理解會跟不上。

亞德先前所做的，以「這個時代的基準」而言，快得離譜。

以超高速的魔法言語處理而達成的無詠唱施法，以及神速的魔法陣形成。

這已經不只是快得令人看不清楚，不折不扣是超凡入聖的快手。亞德・梅堤歐爾卻像兒戲一般，完成得若無其事。

接著他對伊莉娜露出爽朗的笑容。

「接下來，我會讓妳看看壓軸的光景。」

她無法理解他在說什麼。而且，連現況到底發展成什麼情形都無法理解。以不好的方面而言，就像在作一場夢。

亞德無視於伊莉娜的困惑，轉身面向魔物們。

他這一轉身，魔物們的生存本能爆發了。

所有個體都動如脫兔地逃走。牠們轉過身，爭先恐後地拔腿就跑，然而——

「哎呀哎呀，你們以為能從我（魔王）手下逃走？」

他說話的同時，魔物們一動也不動了。

伊莉娜還是看不出他做了什麼。他是用了什麼手法，阻止先前還那麼拚命逃走的魔物？這實在太難理解，讓伊莉娜停止了思考。

亞德也不理會她，環顧四周。

「呼～樹林很礙事啊。這樣會看不清楚。」

他才剛喃喃說完這句話，茂密的草木一瞬間就消失無蹤，開出一大片開闊的空間，一眼就能將周遭與天頂盡收眼底。

對此伊莉娜當然也不進行任何思考。思考也是白費工夫。

「那麼伊莉娜小姐。」

聽他叫到自己，伊莉娜全身一震。亞德無視於她的反應，右手掌朝向魔物大軍——然後往上一擺。大群魔物隨著他的這一揮手，高高飛上天空。

「還請笑覽。」

亞德在微笑中這麼一說，然後將張開的手掌握緊。

剎那間——逐漸染上夜色的天空，迸出了耀眼的光。

是爆裂。無數魔物隨著亞德的動作，全身爆裂。

劇烈的閃光與巨響。漸漸入夜的世界，就像回到大白天似的耀眼。

那是一幅不像人世間會有的光景……

「如何？伊莉娜小姐！請看！這煙火很漂亮吧！哈哈哈！不管看幾次，這光景都很美呢！」

亞德・梅堤歐爾露出滿面花朵綻放般的笑容，說得十分開心。

他的模樣，就像是——

名留神話的大英雄，同時也是童話裡一定會出現的怪物。

也就是「魔王」瓦爾瓦德斯。

◇◆◇

我救出了伊莉娜，還給了她驚喜……然而——

她不但不高興，反而顯得有點退避三舍。為什麼會弄成這樣？是哪裡不對？我還在歪頭納悶，伊莉娜握緊拳頭，瞪著我說：

「為……什麼……為什麼，要救我……！我明明想死的……！」

伊莉娜說出令我不能置若罔聞的話。她以被眼淚沾濕的眼睛盯著我看。

「……請妳不要說這麼令人悲傷的話。而且，請問妳為什麼想死？如果不嫌棄，可以跟我談……」

「我拒絕！你這種人怎麼可能會懂！你哪裡會懂我的痛苦，我的孤獨！」

伊莉娜流著眼淚哭喊，我以認真的表情回答：

「……我不知道妳是因為什麼樣的情形而有這樣的感情。可是，要說孤獨帶來的痛苦，我比誰都更能體會。正因為這樣……」

「我想和妳當朋友。」

我們一定可以建立能夠相互理解的關係。我不知道她是否感受到了我的這種想法，伊莉娜表現出來的反應是……拒絕。

「我不要……！反正遲早有一天，你也會背叛我……！不管我和誰交朋友，都絕對會被背叛！所以我——」

「我不會背叛妳。我絕對再也不會背叛朋友。」

我先這麼斷定，然後發動了一種魔法。

幾何紋路——魔法陣，顯現在我面前。魔法陣隨即化為長槍的形狀。

「我——亞德・梅堤歐爾，在此宣誓。我絕不做出讓伊莉娜・利茲・德・歐爾海德傷心的事。若違此誓，願奉上我的性命。」

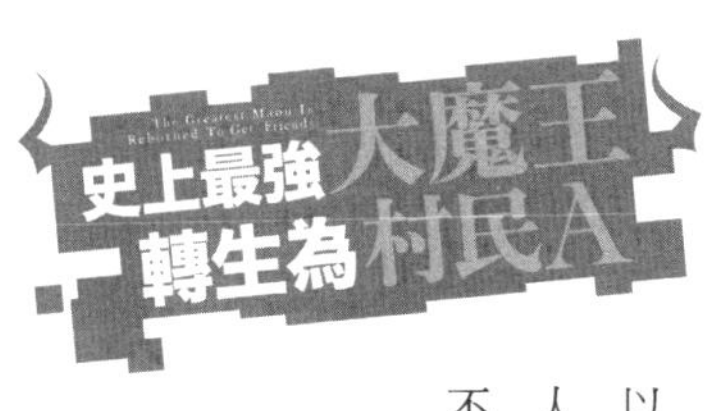

我這麼一說完，化為長槍狀的魔法陣就刺穿了我的胸口，隨即消失。

「剛……剛剛那是……」

「沒錯，是誓約的魔法。本來是用來強制奴隸與俘虜用的魔法。違反誓約內容時的懲罰是絕對的。也就是說，我背叛妳就會死。事情已經變成這樣了。」

我鎮定地這麼一說，伊莉娜就慌了手腳。

「你……你白痴啊！為……為什麼不惜做到這個地步……也要跟我這種人……！」

聽到她這麼問，我心中隱隱刺痛……於是低著頭回答：

「詳細情形我不能告訴妳，但我曾經背叛過我的好友。因此，她才會……」

我不想再說下去。我懷著這樣的意圖搖了搖頭後，直視伊莉娜的眼睛說：

「妳很像她。很像那個對我而言獨一無二的知己。不只是外表，連人格也一模一樣。所以，我想和妳當朋友……在妳看來，也許只覺得麻煩，可是……我們同樣是為孤獨所苦的人，我想我們一定能夠深深地互相理解。不管發生什麼事，我都不會背叛妳。相對的，妳也不會背叛我。妳願意，和我建立這樣的關係嗎？」

我出聲懇求。結果——眼淚沿著伊莉娜的臉頰流下。

「我……我其實……個性很差喔。」

「無所謂。」

「我很任性，腦子又不好……跟我在一起，也很無聊。」

「不會的。伊莉娜小姐是很棒的人。」

「有……有一天……絕對會有那麼一天，你會討厭我……」

「不可能。不管發生什麼事，我討厭妳的那一瞬間都不會來臨。不然要我加進誓約裡也無所謂。」

「可……可是，我……我……！」

她多半也有某種苦衷吧。但我特意不問。

現在我只任由她決定如何回答。

接著——經過良久的掙扎，最後伊莉娜她——

「你……你願意，和我這樣的人……當朋友？」

戰戰兢兢地伸出了左手。

所謂望外之喜，說的就是這種事情吧。眼睛不由自主地瞪大，臉頰也跟著鬆弛。

我懷著萬般感慨，握住伊莉娜的手，重重點頭。

「當然了。以後要請多多關照了，伊莉娜小姐。」

「嗯……嗯……請……請多關照了！亞德！」

也許是不習慣笑，她擠出的笑容顯得有些笨拙。

這讓我覺得她好惹人憐愛。

不管怎麼說——

在未來世界的生活總算開始了。我有這種感覺。

交到第一個朋友後，幾年很快過去，我十五歲了。

朋友還是只有伊莉娜一個人，但我什麼都不缺。

我已經覺得，只要有伊莉娜在就好了。她就是可愛得讓我會有這樣的想法。

但真要羅列出伊莉娜真的有夠可愛的插曲，動輒就會寫上數百萬字，所以現在就先割愛。

更重要的是，今晚的家族會議。

到了十五歲，就會被視為成年人，同時也是決定今後人生規畫的時期。

而現在，時刻是晚上七點。我家響起了敲門聲。

我代替雙親走向玄關，去迎接兩名來賓。

「嗨！亞德，今天要請你多關照了。」

懷斯笑瞇瞇地微笑。他的身旁——

「晚安！亞德！」

站著笑容美得有如大朵鮮花的伊莉娜。

我們剛當朋友那時候，她很少讓我看到笑容，但現在已經變成這樣。

伊莉娜有夠可愛，比誰都可愛，全世界最可愛。不准有異議。

言歸正傳。我請他們兩人入內，帶他們去客廳，在餐桌前坐下。

「今天我也準備了伊莉娜小姐喜歡的咖哩。」

「哇～我最喜歡亞德了！」

「光榮之至。」

伊莉娜吃我做的咖哩吃得津津有味，真的是天使。

接下來，我們享受了一段和樂融融的時光後。

「好了，那我們差不多該進入正題了吧。」

「也對～是關於將來的事啦～……」

兩人朝懷斯瞥了一眼。他在兩人的注視下，一副拿他們沒轍的模樣聳了聳肩膀。

「我不喜歡強制別人。所以，希望你只把這件事當成一個提議。」

懷斯先加上這麼一句開場白，然後說：

「亞德……你要不要進魔法學園看看？」

對於這個提議，我的決定是——

（初出：DRAGON MAGAZINE 2018年7月號）

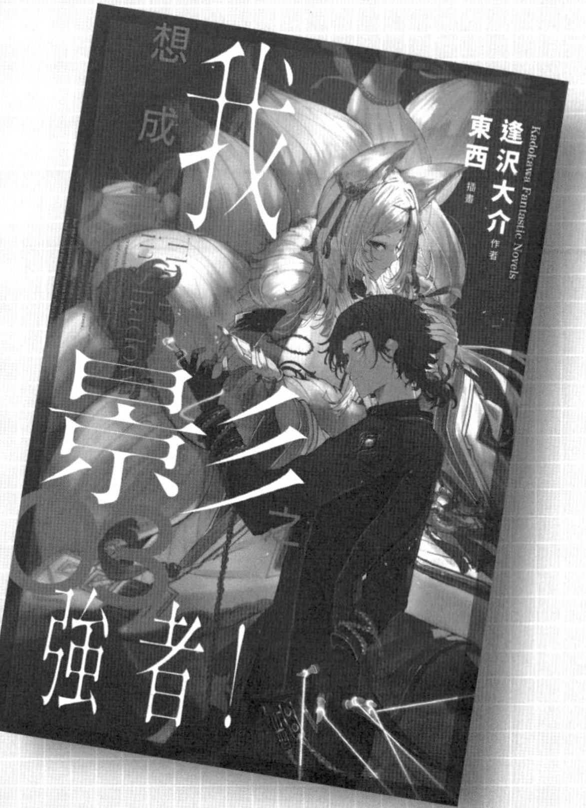

# 我想成為影之強者！ 1~3 待續

作者：逢沢大介　插畫：東西

**「傳說的始祖」覺醒時刻逼近——**
**大規模的「影之強者」風格事件這次也大量發生！**

在克萊兒提議之下，席德參加了討伐吸血鬼始祖「噬血女王」的任務，來到無法治都市。出現在他眼前的，是自稱「最資深的吸血鬼獵人」的神祕美少女瑪莉，以及無法治都市的三大勢力。為尋求「始祖血脈」和「惡魔附體者」的關連，戰場變得一片混亂……

各 **NT$260/HK$87**

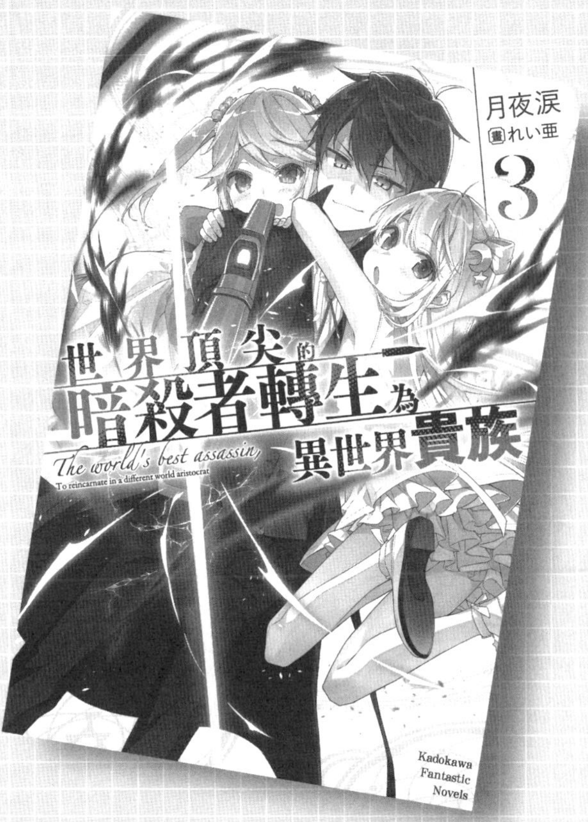

## 世界頂尖的暗殺者轉生為異世界貴族 1～3 待續

作者：月夜涙　插畫：れい亜

**重生後的傳奇暗殺者技壓威脅王都的眾魔族！**
**刺客奇幻作品，激戰的第三幕！**

暗殺者盧各與勇者艾波納合力克服魔族來襲的危機，這次的活躍卻讓圖哈德家得到王都看重而接獲「誅討魔族」的任務。要對付得由勇者出手才殺得了的魔族想必太魯莽，但盧各已經靠從艾波納那裡分來的「新力量」與本身的洞察力找出突破口！

各 **NT$220/HK$73**

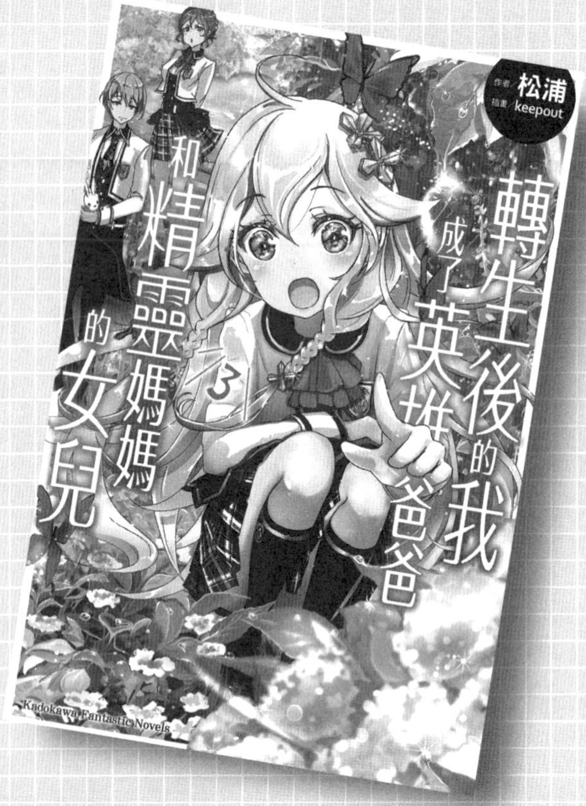


**轉生後的我成了英雄爸爸和精靈媽媽的女兒** 1~3 待續

Kadokawa Fantastic Novels

作者：松浦　插畫：keepout

**艾倫到學院參加體驗入學，**
**要在那裡找出精靈的祕密!?**

為了尋找奧莉珍想要的東西，艾倫來到人類就讀的學院，卻引起了超高注目！她身為英雄女兒的身分也被瘋傳，注目程度爆表！艾倫甚至與宮廷治療師休姆重逢，結果意外發現他似乎抱有什麼隱情……！

各 **NT$200/HK$67**

## 誰都可以暗中助攻討伐魔王 1~4 待續

作者：槻影　插畫：bob

**繼承「疾風迅雷」之名的獸耳傭兵桑妮亞&菈比登場！**
**海底決戰的勝敗將會如何發展——!?**

聖勇者藤堂直繼與他的同伴們接受神之代言人史蒂芬的建言，離開巨魔像山谷前往水都漣恩，要與水之大精靈締結契約。暗中輔助勇者一行人的僧侶亞雷斯僱用了高手傭兵尾隨其後，誰知魔王的左右手——海魔赫亞爾的出現卻使得狀況急轉直下！

各 **NT$220~250/HK$73~83**

魔王學院的不適任者
MAOH GAKUIN NO FUTEKIGOUSHA
～史上最強的魔王始祖，轉生就讀子孫們的學校～
4〈下〉
作者 秋
Illustration しずまよしのり
Kadokawa Fantastic Novels

**魔王學院的不適任者**～史上最強的魔王始祖，轉生就讀子孫們的學校～ 1~4〈下〉待續

作者：秋　插畫：しずまよしのり

**一切的不講理、一切的悲劇只有毀滅一途──！**
**系列最長篇故事，〈大精靈篇〉令人感動的高潮！**

虛假的魔王阿伯斯·迪魯黑比亞的真面目乃是自傳承中誕生的大精靈，米莎的另一個面貌。阿諾斯為了知曉其誕生的祕密，施展「時間溯航」來到兩千年前的阿哈魯特海倫。他在那裡目擊到一個家庭的愛與牽絆，因天父神的卑劣計謀遭到無情撕裂的瞬間──

各 **NT$250~260/HK$83~87**

合田拍子
illustration
nauribon

3

轉生為豬公爵的我，
這次要向妳告白
PIGGY DUKE WANT TO SAY LOVE TO YOU

Kadokawa
Fantastic Novels

# 轉生為豬公爵的我，這次要向妳告白 1~3 待續

作者：合田拍子　插畫：nauribon

## 豬公爵為尋找龍的幼體探索迷宮！
## 傳說的黑龍卻趁機襲擊學園!?

達利斯下一代女王卡莉娜來訪讓學園為之沸騰，史洛接下照顧公主的職責，並與公主一起前往探索迷宮……此時傳說中的黑龍卻趁機襲擊學園。面對強大的怪物，學園陷入嚴重的混亂……史洛來得及趕回去救援學園與夏洛特的危機嗎!?

**各 NT$220/HK$73~75**

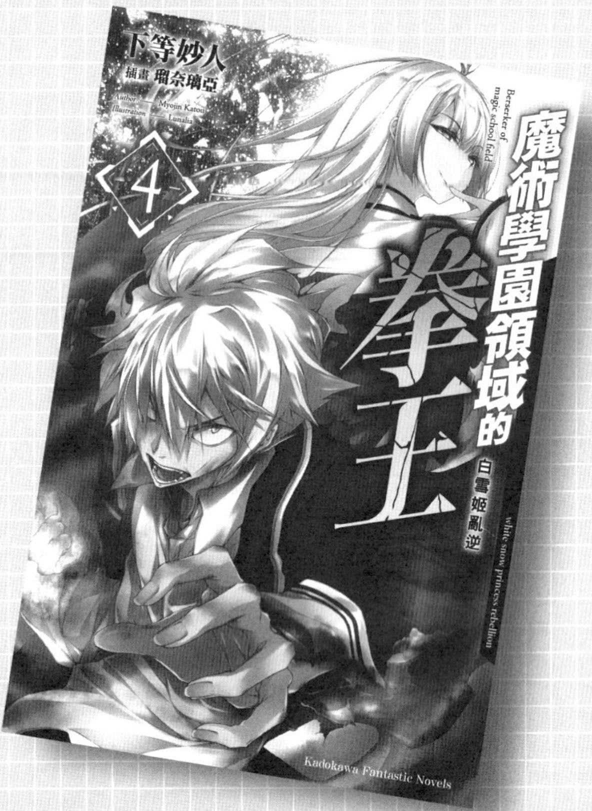

# 魔術學園領域的拳王 1~4（完）

作者：下等妙人　插畫：瑠奈璃亞

**決定魔術師的頂尖地位，**
**無可匹敵的校園戰鬥劇終幕！**

柴闇確定能以團體資格參加全領戰後，揚言要參加接續而來的個人戰，沒想到他卻忽然被師父焰逐出師門。雖然柴闇獲得了大幅度的成長，但再繼續下去，也只不過是「黑鋼」的劣質山寨品。走投無路的柴闇在焰不知情的狀況下，借助了仇敵的力量……

各 **NT$220~240/HK$73~80**

關於我轉生變成史萊姆這檔事
13.5
Regarding Reincarnated to Slime
官方資料設定集
編輯／GCノベルズ編輯部
Kadokawa Fantastic Novels

國家圖書館出版品預行編目資料

史上最強大魔王轉生為村民A. 4, 孤獨的神學者/下等妙人作；邱鍾仁譯. -- 初版. -- 臺北市：臺灣角川股份有限公司, 2021.04

面； 公分. -- (Kadokawa fantastic novels)

譯自：史上最強の大魔王、村人Aに転生する. 4, 孤独の神学者

ISBN 978-986-524-355-5(平裝)

861.57　　110002178

Kadokawa
Fantastic
Novels

# 史上最強大魔王轉生為村民A 4
## 孤獨的神學者

(原著名：史上最強の大魔王、村人Aに転生する 4 孤独の神学者)

2021年4月26日　初版第1刷發行

作　者：下等妙人
插　畫：水野早桜
譯　者：邱鍾仁

發行人：岩崎剛人
總編輯：蔡佩芬
編　輯：黃怡珮
美術設計：宋芳茹
印　務：李明修（主任）、張加恩（主任）、張凱棋

發行所：台灣角川股份有限公司
地　址：105台北市光復北路11巷44號5樓
電　話：（02）2747-2433
傳　真：（02）2747-2558
網　址：http://www.kadokawa.com.tw
劃撥帳戶：台灣角川股份有限公司
劃撥帳號：19487412
法律顧問：有澤法律事務所
製　版：尚騰印刷事業有限公司
ISBN：978-986-524-355-5